오죽헌의 脈

오죽헌의 맥脈

김민자 수필집

정출판

여물지 못한 글을 엮으며

글 쓰는 일을 그만둔 지 어느새 20여 년이 지나버렸다. 큰아들 태현이가 초등 6학년이던 때, 수필에 등단했다. 그때 내 나이 서른아홉이었다. 등단은 완성이 아니라 시작이라는 것을 알면서도 남편의 사업이 기울면서 문학의 길에서 멀어졌다. 가정경제가 우선이라 바쁘게 살다 보니 수필은 점점 내 삶에서 멀어져갔다.

문득문득 글에 대해 아쉬움이 남았지만, 아이들의 교육과 가정경제에 뛰어들면서 두 가지 일은 어려웠다.

이제 두 아들은 사회인으로 큰아들은 공기업 과장, 둘째 아들은 서울에서 대학병원에 근무한다. 글에서 멀어졌지만 두 아들을 보면 대견하다. 어머니로서 수필을 시작할 때 첫 번째 쓴 수필이 〈오죽헌의 맥〉이었다.

그 글은 아이들과 함께 오죽헌을 돌아보고 사임당을 사표로 삼고자 다짐했던 글이다.

20여 년 전, 서울과 청주를 오가며 뜨겁게 열정을 쏟을 때 써 놓았던 글들을 다시 보니 계속하지 못한 아쉬움이 크다. 글을 쓰는 일은 마음 밭을 가꾸는 일이라고 생각하며 쓰는 일에 매진했던 그때의 다짐이 지금까지 내 삶을 이끈 길이 되었다고 생각한다.

글을 쓰기 전에 먼저 사람이 되어야 한다고 역설하신 K교수님의 말씀이 떠오른다. 소녀적 감상에 젖어 글에 대해 고픔에 허덕일 때, 문학인으로 살아가는 자세와 수필을 통해 삶을 수련시켜주신 김홍은 교수님께 감사와 죄송한 마음이 겹쳐온다.

감사하는 마음은 서툰 글이나마 흉내를 낼 수 있음이었고 죄송함은 계속하지 못한 것이다.

다시 쓰는 일을 시작하려고 하니 미숙하나마 나의 삶의 편린이 된 지난 글들을 엮고 싶은 욕심을 내본다. 여물지 않은 미숙한 글들이 많아 몹시 부끄럽지만 새로 시작하기 위해 부족한 줄 알면서도 정리하는 마음으로 모아 펴냈다.

2022년 11월 초겨울에
김 민 자

제11회 수필문학상 시상
수필문학 천료작가 등단 인증패 수여
일시 : 2001년 5월 12일   장소 : 수운회관   주최 : 한국수필문학회 · 수필문학사

경   김민자 수필가 「월간 수필문학」 등단기념   축

경
김민자 수필가 「월간 수필문학」 등단기념
축
주최 : 푸른솔문학회, 여백문학회

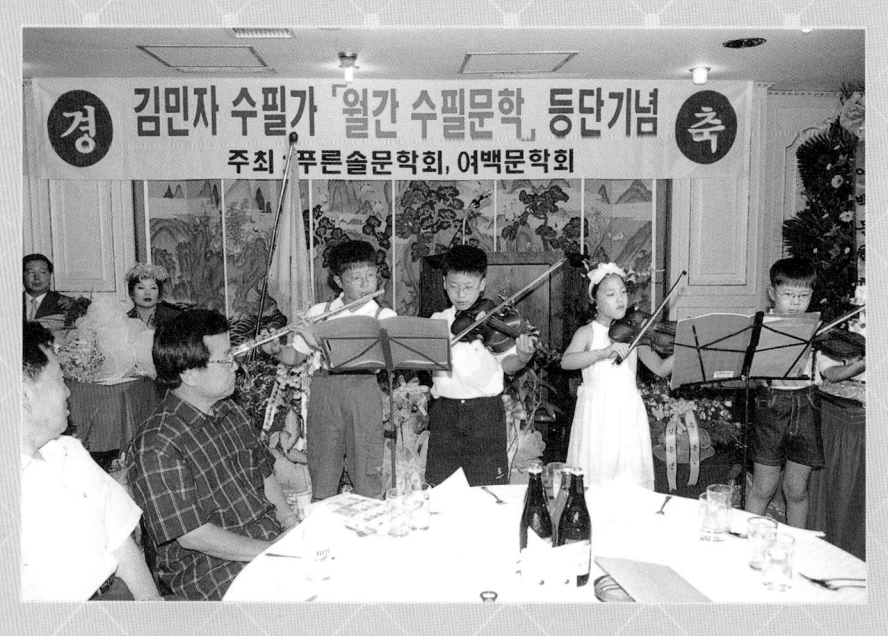

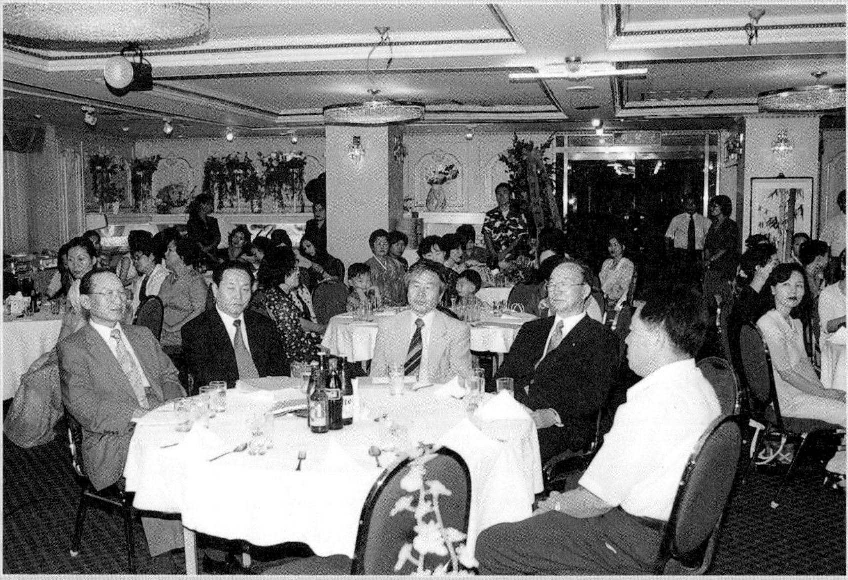

쾌남아 이만돈갑

차 례

|1부| 가시고기의 사랑

|2부| 솔 향기 풍부한 집

|3부| 산에 핀 마음

|6부| 추억으로 가는 시간들

1부
가시고기의 사랑

우리의 인생길은 모성의 강줄기를 타고 흘러내리듯

어머니가 만들어 주는 환경의 영향을 가장

크게 받으며 살아가게 되는 것이다.

오죽헌의 맥

대나무숲이 파도처럼 일렁이는 오죽헌에 들어선다. 사임당의 영혼이라도 나와 영접을 하는 양 풍죽風竹의 향기가 한결 싱그럽다. 파란 물결을 일으키며 넘실대는 댓바람은 마치 조선시대 여인들이 즐겨 부르던 합창인 듯 호기심에 나그네의 발목을 잡는다.

여고 시절 수학여행 때 처음으로 찾아왔던 이곳, 그때는 비가 많이 내려 오래 머물지 못하고 그대로 발길을 돌렸었다. 그래서일까. 그 후로 이곳의 댓바람은 늘 내 가슴을 흔들어놓는 그리움으로 자리 잡게 되었다.

강릉은 내가 사는 청주와는 너무 동떨어진 곳이어서 자주 올 수가 없었다. 그런데 이렇게 중년의 아낙이 되어서야 다시 찾게 되니, 새삼 깊은 감회에 잠기게 된다. 여고 시절, 그 발랄했던 감성은 다 어디로 증발해 버렸는가. 그새 벌써 세월의 풍화를 실감으로 받아들여야 할 처지가 되었으니….

가는 세월의 무상함을 곱씹으며 한적한 뜰을 지나 몽룡실 대청마루에 걸터앉았다. 어디선가 사임당의 인자한 음성이 들리는 듯하여 귀를 기울여 본다.

늙으신 어머님을 고향에 두고

외로이 한양길로 가는 이 마음

돌아보니 북촌은 아득도 한데

해 저문 산에 흰 구름만 날아내리네

이것은 사임당이 강릉에 홀로 남아계신 친정어머니에 대한 그리움에 젖어 눈물로 밤을 지새우며 쓴 사친시思親詩이다.

사임당의 어머니는 무남독녀로 자라 출가하였지만, 그 후에도 친정 부모와 함께 살 수 있는 행운을 얻었다. 그렇기 때문에 일반 여성들이 시가媤家에서 겪게 되는 정신적 고통이나 육체적 고달픔은 별로 모르고 지냈다. 따라서 시부모에 대한 고념顧念의 부담이 없었음으로 오로지 자녀교육에만 힘쓸 수 있었던 것이다. 자녀들의 숨은 재능을 마음껏 발휘할 수 있도록 좋은 교육환경을 만드는 데만 열중하였으니, 사임당 같은 훌륭한 여식을 길러낼 수 있었으리라.

그녀는 출가하기 전, 예술과 학문에 깊은 조예를 지닌 외조부와 어머니를 통해 남다른 좋은 조건의 교육환경을 접할 수 있었다. 그런 바탕 위에 그녀의 재능과 열정이 상승하여, 아들 율곡을 조선의 대학자로 육성시켰으며 큰딸 매창은 자신의 재능을 계승한 훌륭한 예술가로 키워냈다.

이렇듯 교육환경의 기맥氣脈은 하나의 강줄기를 이루어 사임당의 외조부에서 어머니 그리고 그 자신으로 이어져 내려왔다. 그녀는 그 기맥의 물줄기를 이 나라의 모든 어머니로 하여금 훌륭한 어머니상像을 정립시키는 강으로 넓혀 나갔을 것이다.

지금 중년의 문턱에서 두 아이를 기르고 있는 나는 새삼스럽게 교육환경의 중요성을 절감하고 있다. 나 역시 어머니의 알뜰한 사랑과 적절하나 혼고薰故가 있있기에 나의 자리를 지켜나갈 수 있고, 또 내 아이에게도 부족하지만, 이 교육의 물줄기를 대주기 위해 안간힘을 쏟을 수 있는 것이다. 사임당의 혼백이 서린 이곳에 서고 보니 다시 한번 내 어머니의 가르침을 되새기게 된다.

나의 어머니는 친정이 워낙 빈곤하였던 탓에 사랑보다도 부富를 택하여 아버지한테 출가하게 되었다. 하지만 행복의 여신이 질투를 하였음인지 아버지를 너무 일찍 어머니로부터 격리시켜 서로 그리워만 하고 살도록 부부의 연緣을 끊어 놓았다.

졸지에 남편을 여의게 된 어머니는 이 청천벽력과도 같은 불행을 그저 자신의 운명으로만 받아들이고, 앞으로는 오직 자식만을 위해 희생해야겠다는 결심을 다지셨다. 의지할 곳 없는 청상靑孀의 몸으로 험난한 인생길을 걸어오신 어머니는 하나밖에 없는 딸인 나만은 무척 귀하게 키우셨다.

당시의 시골 관습으로는 여자아이들에 대한 교육열이 별로 높지 않았다. 그러나 나의 어머니는 당신의 빈고貧苦의 삶을 결코 딸에게만은 답습시키지 않기 위해 온갖 희생과 노력을 쏟아 주셨다. 자신의 고생은 마다하지 않고 오로지 좋은 교육환경 속으로 강물 줄기를 틀어주기 위해 안간힘을 쓰셨다. 그러했기에 오늘의 나도 엄마의 강에서 내 아이들에게 좋은 교육 여건을 마련하기 위해 노력하고 있는 것이다.

이 세상에서 당신의 딸이 최고라고 믿고 있는 어머니를 생각하면 나는 나의 아이들에게 어떤 기맥의 물줄기를 전해주어야 할지 가늠할 수가 없다. 어머니의 극성스러운 교육열 덕분에 일찍이 어머니 품을 떠나서 생활했던 어린 시절, 이제와서 되돌아보니 어머니의 선견지명先見之明에 새삼 머리가 숙여진다.

그때는 엄마의 품을 떠나는 일이 살을 베어내는 만큼이나 아팠었다. 그러나 차츰 생의 연륜을 더하면서 생각하니 이것은 곧 독립된 자아를 일찍 찾을 수 있는 발판이 되었음을 깨닫게 된다. 중년의 고개를 넘는 동안 나는 이렇듯 지식의 섭취에 앞서 삶의 지혜를 터득하게 되었음에 감사하고 있다. 어머니의 곧은 성품은 나로 하여금 모든 일을 스스로 알아서 판단하도록 해주셨고, 내가 내린 선택에는 언제나 후한 점수를 주셨다. 그래서 나는 스스로 선택한 일에 대해서는 남다른 책임감을 갖게 되었다.

이렇듯 우리의 인생길은 모성의 강줄기를 타고 흘러내리듯 어머니가 만들어 주는 환경의 영향을 가장 크게 받으며 살아가게 되는 것이다.

오죽헌을 떠나 귀로歸路에 오르면서 자식 교육에 대한 모정의 역할을 생각해 보았다. 이 땅의 모든 어머니가 다 그러하듯이 내 어머니도 사임당의 정신을 이어받은 것이 아닌가. 그런데 나는 과연 내 어머니만큼이나 모정의 물줄기를 대어 줄 수 있을지 모르겠다.

지성이면 감천이라고 했다. 나도 모든 정성을 바쳐 사임당의 참 교훈을 터득하도록 노력해야겠다. 하여 먼 훗날 내 아이들과 함께 이곳을 다시 찾아올 땐 나는 오죽헌의 맥과 접했노라고 자랑스럽게 말하리라.

가시고기의 사랑

　가을을 재촉하는 비가 추적추적 내리던 날 어디론가 떠나고픈 나그
네가 되어 황금물결 가득한 길을 걸었다. 이제 머지않아 풍요로운 결실
을 비워내고 겨우내 침묵할 대지를 그려보며, 며칠 전에 읽은 가시고기
를 떠올려 본다. 난 그 작품을 읽으며 작으나마 어머니로서 한층 더 성
숙한 발걸음을 내딛게 되었다.

　다움이란 정겨운 이름의 초등학교 3학년 어린이가 불치병인 백혈병
에 걸려 2년 동안 입·퇴원을 거듭했다. 오늘처럼 비가 내리는 날, 병실
에서 창밖을 바라보다가 상념에 젖어 벤치에 앉은 아빠를 보며 오직 자
기를 위해 힘겹게 살고 있는 아빠를 더없이 사랑하게 되었다.

　불치병을 앓고 있는 아들을 위해 힘겨운 삶을 살고 있는 아빠도 자식
에게 모든 생의 목표를 걸고 최소한의 생활이나마 연명하기 위해 글을
쓰면서 버팀목이 되어 준다.

　다움이는 골수이식을 받아야 하는 상태였다. 맞는 골수를 구하기도
힘들지만, 그때까지 받아야 하는 항암치료를 아들이 어떻게 견뎌낼지

아빠는 암담하기만 했다. 그래서 생명의 불씨가 꺼져 가는 아들에게 항암치료의 고통을 안겨주고 싶지 않아, 모든 생활을 정리하고 공기 좋고 물 맑은 산속으로 들어간다.

사락골이란 그곳에서 약초를 캐며 살아가는 노인의 도움으로 민간요법을 시도해 본다. 오직 자식을 살리겠다는 집념 하나로 약초를 캐고 몸에 좋다는 것은 무엇이든 가리지 않고 정성껏 아들에게 먹여 잠시 기력을 되찾아 효험이 있는 듯해 희망을 가져 보기도 했지만 안타깝게도 병은 재발 된다.

위급한 상태에서 결국 산속을 떠나 서울 소재 병원으로 가서 다시 입원하였고, 이혼한 다음이 엄마로부터 아들과 유전자가 같은 골수를 기증하겠다는 일본인을 찾았다는 소식을 듣게 된다.

골수이식을 받으려면 엄청난 돈이 드는데 병원비까지 밀려 있는 상태에서 감당할 수 없던 아빠는 한없이 무력해짐을 느꼈고, 다음이 엄마는 새 남편의 도움으로 수술비를 마련하겠다고 제의했지만, 아빠는 거절한다. 다음이 아빠는 고심한 끝에 자신의 신장을 팔아 수술비를 마련해 보려고 여러 검사를 받은 과정에서 뜻밖에 간암 말기라는 진단까지 받는다.

결국 이미 암세포가 퍼져 있을지도 모르는 자신의 신장은 돈으로서 가치를 잃은 것임을 알고, 엄마도 없는 어린 자식이 끝내 이렇게 짧은 생을 마쳐야 되는가 싶어 세상이 원망스러웠다. 간암 말기, 어차피 시한부 인생인데 끝까지 돌볼 수 없다는 생각에 아들을 위해 자신의 몸에서 아직은 쓸모 있다는 각막을 팔아 수술비를 마련하여 다움이는 성공적으로 골수이식을 받는다. 결국 아빠는 자신이 끝까지 책임질 수 없는 아이를 프랑스로 떠난 아내에게 보내기로 한다.

엄마를 거부하는 아이에게 의도적으로 정을 떼게 하려는 아빠의 눈물겨운 행동들은 너무나 안타까워 가슴이 먹먹해졌다. 마지막으로 아빠를 보고 싶다고 떼를 쓰는 아들에게 각막을 잃고 몸도 심하게 병들어 가는 자신의 흉한 모습을 보이게 될까 봐 일부러 어두운 저녁 시간으로 약속을 한다. 마지막으로 아빠에게 안기고 싶다는 아들의 울부짖음을 보며 끝내 자기에게 가까이 오지 못하게 하는 아빠의 처절한 인내력을 바라보면 아빠의 자식에 대한 사랑에 고개가 절로 숙여졌다.

어느 부모인들 자식을 사랑하지 않을까만, 쉽게 흉내 내지 못할 큰 사랑이라 생각된다. 이렇게 눈물겹게 아들과 이별한 아빠는 아들과 함께 마지막 생명의 불씨를 되찾으려 헤맸던 사락골을 찾아가 자신을 사모하며 내내 옆에서 돌봐주던 후배 옆에서 초연하게 죽음을 맞이한다.

암컷은 새끼를 낳고 떠나가지만, 수컷은 그들을 지키며 키우다가 새끼가 성장하여 떠나고 나면 머리를 박고 죽는다는 가시고기. 자식의 생명을 위해 모든 것을 주고 끝내 자신은 죽어 가는 다움이 아빠의 사랑을 수컷 가시고기의 특성에 빗대어 이 시대의 모성과 부성을 다시 한번 돌아보게 한 이 작품은 마지막 책장을 넘길 때까지 가슴을 저리게 해 눈물을 거둘 수 없게 했다.

IMF 이후 수없이 많은 아빠들은 가장家長으로서 설 자리를 잃고 위기에 직면해 있다. 그로 인해 가정의 질서가 무너지고, 개중에는 함께 헤쳐가야 할 그 위기로부터 도피하는 아내들도 있다. 이런 시점에서 가시고기를 통해 힘겨운 시대를 살아가는 오늘의 부성父性에 대해 연민의 시선으로 메시지를 보내는 작가의 마음에 동감한다.

나는 자식에게 또 부모님께 어떤 모습일까? 책을 덮으며 나 자신을 새삼 되돌아본다.

자식들에게 다 주고 빈 껍질만 남은 어머니께 이제야 어머니 자신만을 위해 살아가시라고 투정도 부리지만, 수컷 가시고기의 삶이 그러하듯 내 어머니의 삶 또한 자식들이 당신의 존재 이유임을 너무도 잘 안다.

문득 내게 한없이 자상하고 늘 배려해 주며 아이들을 따뜻하게 감싸 안아주는 남편의 사랑이 더없이 크게 느껴지고 소중하게 다가온다.

조약돌

그는 내 가슴 속에 아름다움으로 물들어 빛나는 하얀 조약돌이었다. 내가 처음 그를 만났을 때 그 친구는 '조약돌'이라는 모임의 구성원이었다. 그래서일까 그를 보면 물살에 씻겨 하얀 속살을 드러낸 반짝이는 조약돌 같은 생각이 들었다.

꿈 많던 여고시절. 내 인생의 미래는 순백의 아름다운 궁전에서 별 같은 사랑 하나 간직하며 사슴처럼 사는 것이었다. 그가 내게 별이 되면 나는 그에게 밤하늘이 되었고, 그가 바닷가의 파도가 되면 나는 그의 물살에 씻기는 조약돌이 되었다. 그러나 그와 나는 서로의 마음속에 추억이라는 이름표 한 장 남기고 헤어졌다.

서로가 서로의 순결을 지켜주며 풀밭의 사슴처럼 뛰놀던 시절, 그의 통기타 소리에 내 눈은 눈물로 그렁그렁했고, 그의 하모니카는 내 가슴에 시냇물을 만들었다. 한때는 그의 리듬에 박자를 맞추며 훗날 가요제에 함께 출연해 보자며 새끼손가락을 걸었었다. 그리고 그는 자작곡을 녹음한 테이프와 음악에 관련된 많은 것들을 내게 주었다.

우린 헤아릴 수 없을 정도로 많은 하모니를 엮었지만, 그것이 사랑이었다는 것을 알았을 땐 서로 눈을 맞출 수도 없는 슬픔이 몰려왔다. 외동딸로 자란 내게 오빠는 호랑이처럼 무서웠다. 그런 오빠의 엄명은 우리 둘을 갈라놓았고, 난 그에게 서로 만날 수 없는 사연을 젖은 눈으로 말해야 했었다.

그와의 마지막 날, 우리는 속리산을 갔다. 오색 단풍으로 곱게 물든 오리 숲을 지나 문장대 정상을 향해 오를 때에는 아무런 말이 없었다. 그러나 하산할 때 우린 인적이 드문 다른 길을 택했다. 내려오는 길옆 너럭바위에서 손을 꼭 잡고 앉아 서로 말이 없어도 그는 나의 마음을 헤아렸고, 나는 그의 시선을 애써 피했다. 입을 열면 말보다도 눈물이 먼저 나왔고, 그는 말 대신 내 손을 힘껏 잡아 주었다.

연보랏빛 저녁노을이 우리 두 사람의 마음처럼 애달프게 타오를 때, 우리는 도망치듯 막차를 간신히 타게 되었다. 가슴 졸이는 아쉬움을 감추며 청주에 도착한 나는 그에게 속리산 입장권을 반으로 잘라 건네주며 기어들어 가는 것 같은 작은 소리로 마지막 목소리를 남겼다.

"친구야, 우리 먼 훗날 다시 만나면 이 표를 맞추어 보자."

그도 힘없이 하늘만 응시하며 멍하니 서 있었다. 그리고 끝이었다.

그로부터 이십 년이 흘렀다. 나는 집안에서 정해 준 남편을 만났고 어느새 두 아이의 엄마가 되었다. 유년의 감성을 아름다운 자연 속에서 키워서인지 나는 글을 쓰게 되었고, 문단의 작은 자리 하나를 차지하게 되었다. 내 글은 가끔 공인된 지면을 통해 세상에 나가곤 했다.

신문에 내 글이 실린 뒤 거의 일 년이 다 되어갈 무렵, 한 통의 전화를

받았다. 추억 속에 아련히 묻혀 있던 그가 20년의 강을 건너 낯선 목소
리가 되어 찾아온 것이다. 그였다. 당황되어 "네가 어떻게……"

그는 신문에서 글을 읽었다고 했다. 나는 사시나무 떨듯 몹시 떨렸
다. 옛날로 돌아갈 수 없는 시간의 강이 그와 내 앞에서 도도히 흐르고
있었다.

어느새 세월의 강을 넘어 한 남자의 아내가 되었고, 아이들을 끔찍이
도 아끼는 어머니로 변해버렸다. 그도 결혼했고, 한 가정의 든든한 가
장이 되었다. 그는 신문에서 나를 본 후, 무려 10개월을 망설였다고 했
다. 그것으로 나의 마음은 조금 안정되었다. 서로의 자리에서 자신에게
충실한 지금, 내가 그를 만난다고 달라질 것은 없었다. 그런 안정감이

어느 정도 자리를 잡았다고 느낄 때쯤 우린 만났다. 그 만남은 서로가 서로의 자리를 더 굳게 확인하고 싶었기 때문이다.

하얀색 자동차에서 내린 그는 청바지에 청잠바를 입고 있었다. 한동안 그리움으로 출렁이던 파도가 현실에 처해 잔잔하게 가라앉았다.

"별로 변하지 않았구나. 그때 모습 그대로야. 난 이렇게 아줌마가 되었는데……"

그도 웃고 나도 웃었다.

"남편은 좋은 사람이겠지?"

그가 물었다.

"응, 날 너무 아끼는 사람이지. 너의 아내는?"

"나도 내 아내를……. 아이는 몇이니?"

"아들만 둘 너는?"

우린 서로를 호가인呼價人 하는 몇 번의 질문을 던지며 또 받았다. 그와는 수많은 추억의 한 갈피를 함께 공유했던 그 흔적이 나도 그도 말 없는 눈빛으로 확인할 수 있었다.

그는 가끔 전화를 한다. 나도 그에게 메일을 보낸다. 한때를 같이 했던 친구로서 서로의 가슴에 아름다운 보석상자로 빛나고 있는 추억이 전부일 뿐이다.

"내가 너를 좋은 사람으로 기억하듯, 너의 가정과 너의 아이들, 그리고 너를 아끼는 남편을 함께 사랑하려 노력하는 중이야."

난 그런 말을 하는 그가 친구로서 좋다. 그를 다시 만나고 나서 나는 우연한 기회에 혼자 서해西海의 보물섬 다부도를 가게 되었다. 섬에 들어서는 순간 순백색의 크고 작은 조약돌들이 한 폭의 그림같이 내게 다가왔다. 그곳에서 유난히 보석처럼 반짝이는 조약돌을 보았다.

산속의 늪같이 투명한 바닷물 속에 영롱하게 빛나는 조약돌을 보며 난 그를 생각했다. 그는 이 해변을 떠나면 빛을 잃을 조약돌로 족했던 한때의 아름다운 추억이었다. 그 추억으로 내 감성이 더 풍부해지고 지금의 내 삶이 더 소중함을 깨닫게 되는 것은 그때의 만남이 첫사랑이었나?

요즘 내 삶의 굴레가 다부도를 품어 안은 바닷물처럼 너그럽다면 그는 바닷가 한 부분에서 빛나는 조약돌처럼 차갑고 단단한 모습이다. 가끔은 불현듯 보고 싶을 때가 있다. 나는 안다. 내가 철없이 다가가도 그는 바다를 떠나지 않으리란 것을. 그 믿음이 있기에 가끔 그의 목소리가 부담스럽지 않다.

돌아오는 나의 손에는 조약돌 두 개가 쥐어져 있었다. 그를 만나 조약돌 하나를 건네주었다.

"우리 우정의 아름다운 보석이야."

그는 내 마음을 어떻게 알았을까? 내가 까맣게 잊고 있던 속리산 입장권 반쪽을 내게 내밀었다.

"미안해, 하지만 이 조약돌은 고이 간직할게"

흔적

새하얀 눈송이가 꽃잎처럼 흩어져 내리던 날, 망연히 창밖을 내다보다가 알 수 없는 상념에 이끌리어 무작정 버스에 올랐다.

차창 너머로 바라보이는 들판에는 빈 볏짚단이 여기저기 어지럽게 나뒹굴고 철 지난, 여름 옷차림의 허수아비는 내습來襲하는 동장군 앞에서 오들오들 떨고 있다.

얼마쯤 지났을까? 고은 삼거리 버스에서 내려 눈 쌓인 논두렁 길을 걸었다. 내리는 눈을 그대로 받아 녹이고 있는 도랑물은 전에 없이 정겨운 속삭임으로 다가온다.

분이 언니도 이 도랑물같이 맑은 미소를 간직한 순수한 시인이었다는데, 그만 사랑하는 가족들과 정다운 이웃들을 뒤로한 채 황급하게 이승을 떠났다. 오늘따라 그 언니가 그리워지며 먼 허공을 바라보지만 하늘거리다 스러져 버리는 눈송이처럼 안타깝고 야속하게만 느껴진다.

윤동주 시인도 27세에 요절을 하였다고 한다. 그녀는 9년 동안 폐암으로 투병하면서도 비록 윤동주 시인처럼 유명한 문인은 아니었지만, 여백회 회원으로서 시를 쓰며 활발한 문학 활동을 하다가 끝내 암 덩어리를 이겨내지 못한 채 사십 세에 사랑했던 남편과 어린 두 남매를 남겨놓고 세상을 떠나갔다.

발길은 어느새 분이 언니의 산소를 향하고 있었다. 그새 흩뿌리던 눈도 멎고, 묘지에 이르는 언덕길에는 누군가가 지나간 발자국이 선명하게 남아 있다. 이렇게 눈 오는 날 누가 이 한적한 곳을 지나갔을까?

발자국을 살피는 내 눈가엔 어느새 뜨거운 이슬이 맺혀 있다. 작은 발자국은 내 작은 녀석의 친구인 민경이 발자국인 것 같고, 조금 더 큰 운동화 자국은 내 큰아들의 친구인 성훈이의 발자국임이 틀림없다. 저만치 앞서간 커다란 구두 발자국은 그녀의 남편 것이라고 생각하니 갑자기 목이 메어온다. 생전에 유난히 부부 금실이 좋아 이웃들로부터 많은 부러움을 샀던 비둘기 가족이었는데…

뒤에 남은 가족들은 하늘 가득히 내리는 눈을 보며 아내와 어머니의 품을 그리워했을 테고, 그 마음을 달래려 이곳을 찾았으리라. 어머니의 자리와 아내의 자리는 우리 인생에 있어서 가장 따뜻하고 아늑한 자리가 아니던가.

그 누구로도 대신할 수 없는 사랑의 자리를 떠올리니, 나도 어린 시절, 어머니와 함께 아버지 산소를 찾았던 기억이 새로워진다.

그렇게 흘려보낸 시간이 아련한 그리움이 되어 이제는 내 가슴 속에 영원한 외로움의 흔적으로 남아 있다. 이 아이들도 그러하리라. 어머니의 정이 그리울 때마다 이곳을 찾아 그 허전함을 채우려 할 것이다.

자식이 부모를 그리워하면 할수록, 더욱더 커져만 가는 마음속의 공허는 쉽게 메꾸어지지 않는다. 하지만 세월이라는 묘약에 의지하다 보면 차츰 몸도 마음도 성숙해지면서 의연하고 당당하게 홀로서기도 할 수 있겠지.

하얗게 눈 덮인 분이 언니의 산소에서 그녀의 생전의 모습을 떠올리며, 앞으로 내가 살아야 할 그림을 그려본다. 만남과 헤어짐의 연속인 인생사를 쓸쓸한 마음으로 다독이며, 터덜터덜 내려오는 등 뒤로 내 발자국이 하나둘 나의 흔적이 되어 따라온다.

정情

"살다 보면 정이 그리워 가슴이 시리다"라는 말을 종종 듣는다.

가없이 넓은 하늘을 쳐다보고 있노라면 가슴 가득히 외로움이 밀려든다. 이럴 때 그 텅 빈 가슴을 무엇으로 채울까 하고 고심하게 된다. 머리는 지식을 채우고 가슴은 정으로 채운다고 하지만, 정이라는 게 어디 그리 만만하던가.

세상 만물 중에서 인간만이 감정을 가지고 있다. 그래서일까. 살아가면서 우리는 많은 번뇌와 갈등을 안은 채 가슴앓이를 한다. 미움과 반목은 가슴을 아프게 하지만 온유한 정은 가슴을 따스하게 한다. 나와 관계되는 사람과 만남을 통해 정을 나누게 되지만, 세계의 60억 인구 중 외모가 같은 사람이 단 한 사람도 없듯이, 마음이 같은 사람을 기대할 수는 없다. 같은 시간에 같은 장소에서 사람을 만나도 서로 같은 생각을 할 수 없다는 것은 당연한 일이다.

우리는 주변 사람들과 만남이 이루어지면 우선 첫인상에서부터 어떤 사람일까 생각하게 되고, 때로는 그 판단이 엇갈려 시시비비를 만들게 된다. 첫인상이 좋아도 갈수록 실망을 안겨주는 사람이 있는가 하면,

첫인상은 좋지 않았는데 갈수록 정이 드는 사람도 있다. 인격이 갖추어 졌다고 반드시 정이 깊은 것은 아니다. 어설픈 말과 행동이라도 정이 깊은 사람은 상대를 편안하게 한다.

작은 것이라도 나누고 싶은 사람. 나보다는 상대를 먼저 생각하는 사 람. 지속보다는 가슴을 여는 사람. 그런 사람들을 만나면 손이라도 잡 고 싶다. 손에서 손으로 전달되는 체온이 그대로 가슴으로 이어질 것 같은 기대감에서다.

지난 월드컵 축구 경기 때 우리 선수가 한 골을 넣은 후 힘차게 달려 가 안긴 곳은 히딩크의 가슴이었다. TV는 그 모습을 반복해서 보여주 었는데, 감독의 가슴에 안긴 선수의 모습은 지금도 눈에 선하다. 그 장 면을 볼 때마다 우리 모두 가슴 짜릿한 감동을 느꼈던 것은 가슴에서 우러나는 정 때문이었으리라. 정은 세월이 흐를수록 더 짙어만 간다는 진리를 곱씹어보는 순간이었다.

말 한마디에도 상처를 받는 곳이 가슴이다. 싸늘한 냉소에 가슴은 멍 이 들고, 사랑하는 사람을 떠나보내면 그리움이란 병에 걸린다. 기대가 커서 오는 병은 비움을 통해 치료되지만 제일 큰 특효약은 따뜻한 가슴 을 만나는 일이다.

가슴은 미움을 싫어한다. 미워할수록 가슴앓이 병은 더 깊어가기 때 문이다. 그런데 이 가슴앓이 병은 용서로 치유된다. 용서한다는 것은 나를 죽이는 일이며, 상대보다 자신을 낮추는 길이다. 나를 용서하고 상대를 용서하고 주변의 사소한 것을 용서할 때 가슴에 평화가 깃든다.

그러나 마음은 측량할 수가 없다. 그 깊이와 넓이를 재기란 물속을 들여다보는 것과 같아서 물결만 어지러울 뿐 결코 그 속은 알 수 없다. 내가 조금씩 마음의 문을 열면 상대도 마음을 연다. 마치 내가 돛대 끝을 들이내면 상내노 돛대 끝을 들어내고, 내가 돛 전체를 드러내면 상대도 그만큼 드러낸다. 이런 경우 자칫 내가 드러낸 가슴의 넓이만큼 혹은 깊이만큼 상대가 열지 않았을 때 가슴은 상처를 받는다,

또한 상대가 위선으로 가슴으로 열 때 그것을 알 수 없어 가끔 함정에 빠지기도 한다. 나의 잣대로만 사람을 보고 마음을 읽기 때문에 적잖은 혼란이 온다. 그러나 다행인 것은 언젠가는 진실이 통하게 된다는 사실이다.

정으로 사는 삶의 결과는 따스한 인간관계를 유지하며 서로의 가슴에 평화로운 안식처를 준다. 그러기에 우리는 언제나 따스한 정이 깃든 마음을 잃지 않아야 한다.

지식이 인간관계를 넓고 깊게 할지는 몰라도 가슴처럼 따뜻한 사이를 만들 수는 없다. 머리가 아무리 영특하다고 해도 사랑을 나누는 곳은 가슴이지 머리가 아니다.

머리만으로는 눈물도 감동도 체험할 수 없다. 기쁨의 눈물, 슬픔의 눈물들은 모두 가슴에서 우러나온다.

인간관계를 많이 갖는다고 해서 마음이 깊어지는 것은 아니다. 적으면 적은 대로 많으면 많은 대로 가슴을 열 수 있는 관계가 바로 아름다운 인간관계인 것이다.

머리에 든 지식은 전염되지 않지만, 가슴에 든 정은 전염이 된다. 따뜻한 사람들이 많이 모이면 따뜻한 세상이 된다. 사랑으로 가득 찬 사

람들을 만나면 사랑하고 싶어지고, 작은 것이라도 나누고 싶은 사람들을 만나면 나도 주고 싶어진다. 그리고 그것들이 진정한 기쁨임을 알게 된다.

가장 멀고도 가까운 이웃이 머리와 가슴이다. 흔히 머리에서 보고 느낀 생각들을 가슴에서는 쉽게 받아들이려 하지 않을 때가 있다. 그러나 그것이 어려운 길이라도 정情의 거리를 만나기 위해선 스스로 고운 마음으로 단장해야 한다. 마치 곱게 물든 단풍처럼 내 마음도 고운 옷으로 갈아입어야 한다.

가을 하늘과 같은 넓고 푸른 가슴에 살가운 정을 듬뿍 담아 이 가을 모두를 사랑하고 싶다. 그래서 따뜻한 정이 가슴과 가슴으로 이어져 계절병을 퍼트리는 가을 여인이 되고 싶다.

잠자는 한복

출근 준비를 서두르던 남편이 양말을 꺼내기 위해 서랍장을 열다가, 갑자기 "장모님 다녀가셨어?" 하고 묻는다. "왜요?" 말하기에 앞서 반응을 살펴보니, "장모님이 다녀가시면 온 집안이 반짝거린단 말이야." 하고는 넌지시 내 살림 솜씨를 타박한다. 그러나 그 말속에는 자기의 일을 돕느라 바쁘게 생활하는 아내에 대해, 늘 미안한 마음을 갖고 있다는 의미가 섞여 있음을 나는 읽을 수 있었다.

며칠 전 우리 집은 오랜만에 찾아오신 친정어머니에 의해 묵은 때를 말끔히 벗게 되었다. 그동안 다리가 불편해서 못 왔다면서 집안 곳곳을 돌아다니며 유리알처럼 닦아놓고 가셨기 때문이다. 그날도 오시자마자 주방으로 들어가서 냉장고를 비롯하여 빨래와 집 안 청소까지 깨끗이 해 놓으셨다.

사무실에서 일을 하던 내가 잠깐 들렀더니, 어느새 어머님은 장롱 서랍을 정리하시다 오래된 한복 한 벌을 꺼내놓고 "너 이것 아직도 버리지 않았구나. 장롱 속에서 이렇게 잠을 자고 있다니…"라고 하신다. 어머니도 이 한복에 대해서는 각별한 애정이 담겨서일까. 오래된 옷이라

버린 줄만 알았는지 마치 옛 친구를 만난 반가운 표정이었다.

그 옷은 내가 대학 시절, 사은회 때 입으려고 맞추었던 한복이다. 그때는 어렵게 살던 시절이라 한복을 새로 맞춘다는 것이 그리 쉬운 일이 아니었다. 그런데도 철부지였던 나는 주말에 집에 내려가 새 옷을 해달라며 어머니를 졸라댔다. 사은회 날, 여러 은사님과 친구들 앞에서 남보다 예쁘게 보이고 싶은 마음이 앞섰기 때문이었다.

그런데 어머니의 반응은 냉담했다. 올케언니가 결혼할 때 입었던 옷을 입으라고 하면서 곱게 다림질을 하여 내놓는 것이었다. 몹시 속이 상했다. 하지만 어떻게 하겠는가. 나는 아무 말 없이 그 한복을 마루 위에 놓아둔 채 그냥 자취방으로 돌아왔다.

그 날밤 어머니는 매우 당혹스러워하는 음성으로 전화를 하셨다. "그 옷이 마음에 들지 않니?" 하고 물으시는데 나는 아무 대꾸도 하지 않았다. 내 옹졸함을 그대로 드러낸 사건이었다.

며칠 후 어머니는 나를 찾아오셨다. 어머니 손에는 한복값 8만 원이 들려 있었다. 내가 떠나온 후, 어머니는 이웃에 있는 담배농장에 가서 무려 일주일간이나 품을 팔아 모은 돈 8만 원을 가지고, 나에게 달려오신 것이다. 그러나 나는 그런 것도 모르고 새 한복을 입을 수 있다는 기쁨에만 들떠 있었다. 뒤돌아보니 철없던 지난날의 내 행동에 부끄러움이 앞선다.

그런 절절한 사연을 담고 있는 한복을 물끄러미 보고 있는 어머니와 나는 한동안 말을 잃고 말았다. 이제야 그때의 철없던 나 자신의 옹졸하고 이기적이었던 생각이 자꾸만 뉘우쳐지면서, 어머니에 대해 죄송

스러움이 밀물처럼 밀려왔다.

어머니는 젊은 날 한복이 잘 어울리는 고운 분이셨다. 뽀얀 피부와 호수 같은 눈동자는 그윽한 향기를 전해주는 한 송이 백합을 연상하리만치 우아했다. 소박한 한복을 입으시고 은은한 미소를 지을 때는 달빛을 받은 박꽃이 환한 웃음을 머금은 듯했다.

외할아버지께서 선도 보지 않고 맺어준 결혼이었는데, 이렇듯 우아한 원숙미를 채 발휘해 보기도 전에 서리꽃이 되어버린 어머니… 일찍이 남편을 여읜 청상과부靑孀寡婦의 삶은 그때부터 가난과 고독과의 싸움이었다.

이렇듯 아름다운 자태의 주인공이었던 어머니는 오직 자식들을 굶기지 않기 위해 억척스러운 아낙으로 변모해 갔다. 곤궁하기 이를 데 없는 살림살이였지만 자식들 앞에서는 언제나 환한 미소를 잃지 않으셨다. 나는 그런 어머니의 아픔을 알아차리기는커녕 항상 '떼쟁이'란 별명이 붙을 정도로 나만을 위해달라고 떼를 썼다.

장날 어머니가 시장에 가실 때면 과일을 좋아하던 나는 주문을 했었다. 과일 중에서도 유난히 사과를 좋아하였기에 사과를 사달라고 했다. 어머니는 그 사과를 사 오기 위해 이십 리 길을 걸어오시는 고통을 감수해야 했다. 그러나 난 어머니의 고통은 조금도 헤아리지 못했다. 차비를 아껴야만 딸의 소원을 들어줄 수 있었으니, 어머니가 겪은 그 시절의 곤고困苦를 어찌 다 필설로 표현하겠는가.

무거운 보따리를 머리에 이고, 저문 밤길을 지친 걸음으로 돌아오시는 어머니께 달려간 나는 "왜 이제 오느냐"고 투정부터 부렸다. 그리고 보따리를 이리저리 만지며 둥글게 만져지는 사과를 확인하고는 마냥 좋아 어쩔 줄 모르고 날뛰기만 했다.

어머니는 벽장에 넣어두고 혼자서만 먹으라고 했다. 그런데도 오빠들은 아무렇지도 않은 표정들이었다. 어머니의 사랑을 독차지하고 싶어 하는 이 떼쟁이 동생을 위해 오빠들은 일부러 모른 채 해 주었던 것 같다.

그렇게 키운 딸이 모처럼 한복을 해 달라고 졸랐을 때 쾌히 승낙할 수 없었던 어머니. 정말 내키지도 않는 말로 올케 옷을 입으라고 한 어머니의 심정은 오히려 갈기갈기 찢어졌을 것이 아닌가. 그런데도 기어이 새 옷을 맞추어 입고 좋아만 했으니…

서랍 정리를 끝내신 어머니와 팔짱을 끼고 목욕탕으로 갔다. 따뜻한 온탕에 들어가 어머니의 맨살을 만지며 등을 꼭 껴안았다. 오빠들은 항상 할머니 방에서 잤지만, 막내딸인 나는 언제나 어머니의 팔베개를 하고 잤다. 그래서 어릴 때의 모습을 떠올리며, 아기가 된 기분으로 힘껏 어머니의 등을 껴안았다.

그런데 어머니의 등은 예전 같지 않았다. 어쩌면 내 등이 더 넓게 느껴졌다. 옛날에 느꼈던 포근하고 안락했던 등이 아니라 이제는 내가 감싸드려야 할 빈약하고 메마른 등이었다. 순간 코끝이 찡해 왔다. 효孝는 백행百行의 근본이라는 성현의 말씀을 들먹이지 않더라도, 나는 내 생이 끝나는 날까지 어머니의 은혜를 잊어서는 안 된다는 생각이 마음 밑바닥으로부터 솟구쳐 올라왔다. 그동안 어머니께 용돈 몇 푼 드리는 것을 가지고 효도라고 생각했던 지난 일들이 큰 회한으로 다가왔다.

언제나 조금의 흐트러짐도 없이 단정하기만 하신 어머니. 아버지가 곁에 계셨더라면 지금의 몇 배로 더 고우셨을 내 어머니. 자식을 위해서라면 어떤 일도 마다하지 않고 희생으로 살아오신 어머니는 어느새 올해로 환갑을 맞으신다. 어머니 앞에서는 언제까지나 어린애가 되고 싶은데, 세월의 무상함을 무엇으로 탓하리.

몇 년 전 무릎관절 수술을 받으신 어머니는 제대로 걷지도 못하신다. 이럴 때 어머니의 다리가 되어드릴 수만 있다면 얼마나 좋겠는가. 가끔 뵐 때마다 겨우 옆에서 부축해 드리는 것이 고작이니, 이 생활이라는 굴레가 원망스러울 뿐이다.

우선 코앞에 닥친 일들과 아이들, 집안일 등에 우선순위를 두다 보니 세월은 왜 그리도 빨리 지나가는지……. 지난날 내 어머니가 그랬던 것처럼 나 역시 어머니의 길 그림자를 따라 그 길을 이렇게 걸어가고 있다. 아버지 없이 네 남매를 반듯하게 키우신 어머니의 지성과 노고는 이제 내 자식을 위해 바쳐야 할 모성母性의 교과서가 되고 있다. 그 옛날 풍수지탄風樹之嘆의 교훈을 되새기면서, 다시 한번 어머니 생존 시에 잘해드려야겠다는 마음을 다져본다.

땀으로 범벅이 된 뜨거운 눈물이 어머니의 등을 타고 흘러내린다. 어머니 앞에 당당하게 나설 자신이 없어진 나는 "엄마! 좀 더 있다 가요" 하면서 어머니의 등에 그대로 얼굴을 비벼본다.

장롱 속에서 잠자던 한복 한 벌이 이 철부지로 하여금 새로운 마음에 때때옷이 되어 효의 의미를 일깨우고 있음일까?

오늘따라 유난히도 어머니한테 죄스러움이 천근의 무게로 가슴을 누르고 있다.

포근한 나무

　박물관 앞뜰의 푸른 잔디 위에 서 있는 나무들과 이야기하고 싶어서 산책을 나섰다. 나무 아래 그늘에 앉아 있는데, 잠자리 한 마리가 살며시 어깨를 간질이고 날아가더니, 단풍나무 가지에 대롱대롱 매달리듯 앉았다. 내가 자리에서 일어나 단풍나무에 매달린 잠자리를 잡으려는 순간 가벼운 몸짓으로 하늘 높이 날아가 버렸다. 예쁜 단풍잎이 내 마음을 알기라도 하는 듯 환한 미소를 지으며 살랑살랑 애교를 부린다. 조금 전에 거리를 두고 바라보았을 때는 나뭇잎 전체가 곱게 물든 나무라고 생각하였는데, 가까이 다가가서 들여다보니 나뭇잎 가지 사이에 겹쳐있는 푸른 부분이 수줍은 듯 숨어 있었다.

　인간관계도 이 단풍나무처럼 처음 만났을 때는 한 가지의 색만 보이는데, 가까이 다가가서 속마음을 들여다보면 여러 모양의 색을 볼 수 있다. 선한 빛깔의 마음과 그렇지 못한 마음이다. 단풍나무가 지니고 있는 두 가지 빛 모두를 인정하여 고운 빛만 담아서 아름다운 마음으로 보아야겠다.

내가 좋아하는 색깔이 빨강이라 하여 그 색만 갖기를 원한다고 당장 푸른색이 빨간색으로 변할 리가 없다. 나무 자신이 변하여 물들 때까지 기다리다 보면 언젠가는 내가 좋아하는 색을 볼 수도 있다고 생각했다.

보온병에 담아간 커피가 생각나 자리에 돌아와 잔에 가득 부었다. 진한 커피 향이 울타리 안에 있는 나무들에게 퍼져나가는 듯했다.

그 향기에 인사라도 하듯이 푸른 초원 위의 각양각색의 나무들이 서로 다른 향기로 나를 바라보는 것 같다. 나무 한 그루를 한 그루에 내가 만나는 사람들의 마음을 생각하게 된다. 그 사람의 성격이나 마음을 알고 싶으면 그 사람 인상을 보면 알 수 있다고 한다. 그래서 얼굴에 비추어지는 모습이 마음의 거울이라고 하였던가.

울타리 가까이에 서 있는 느티나무는 성격이 깔끔해 보이지만 흑백 논리에 강한 인상을 주는 것 같아서 조금은 거부감이 느껴졌다. 그 옆에는 감나무 한 그루가 또 서 있다. 늘어진 가지마다 주렁주렁 매달린 채 익어가는 감의 모습이 나의 마음도 키워 가는 것 같아서 좋다. 울타리 모퉁이에 자리를 잡은 아름드리 느티나무가 멋진 모습으로 많은 나무의 기둥이 되어서 감싸 안은 듯 서 있고, 크고 작은 나무들이 옹기종기 모여서 정답게 이야기 나누는 듯 평온한 분위기가 마음에 든다.

푸른 잔디 위에 모여 오순도순 사랑하며 살아가는 나무들!

밝은 마음, 고운 마음, 순수한 마음, 믿음직한 마음, 터프한 마음 등 제각기 다른 모습으로 서 있지만, 그중에 커다란 울타리 역할을 하는 믿음직한 소나무가 가장 좋다.

포근해 보이며 변함없는 소나무와 만나다 보면 좋은 친구가 되리라. 그런 만남을 통하여 서로를 사랑하고 안아주며 감싸주는 가운데 바라만 보아도 포근한 느낌을 주는 나무처럼 나도 그런 마음의 여성이 되고 싶다.

오리

요란한 천둥소리와 번쩍이는 번개 때문에 새벽잠에서 깨어났다.

이제는 장마도 끝날 무렵이 된 것 같은데 아직도 두꺼운 비구름이 전국을 누비면서 폭우를 쏟아붓고 있다.

기상 전문가들은 올해의 기상이변을 두고 '엘리뇨El Niño'와 '라니냐la Niña' 현상 때문이라고 한다. 스페인어로 남자아이를 '엘리뇨'라 하고 여자아이를 '라니냐'라고 한다는데 두 남녀가 심술을 부리는 바람에 이처럼 엄청난 홍수를 몰고 왔다는 것이다. 기상청의 일기예보가 매번 빗나가더니 이렇듯 그 책임을 '엘리뇨'와 '라니냐'의 책임으로 돌리는 것 같아 씁쓸하다. 마치 어른한테 야단맞는 아이들이 변명 아닌 변명을 늘어놓는 것만 같다.

그리고 보면 인간이란 자연의 위력 앞에서는 어쩔 수 없는 무력한 존재임을 스스로 입증하고 있는 셈이다. 한여름 장마를 미리 대비하지 못한 탓에 강둑이 무너지고 저지대低地帶의 가옥과 농경지가 침수되어 막대한 피해를 보고 있는 것이다.

사무실로 향하는 길은 온통 흙탕물로 덮여 있다. 예전에는 장마철에 집을 나가면 길 한가운데 두꺼비가 나타나 그 천진스러운 눈을 껌벅거리기도 했고, 지천으로 널려있는 지렁이들 때문에 소름이 끼치기도 했었다. 그런데 이제는 공해에 오염된 탓인지 그러한 동심 속의 풍경을 아예 찾아볼 수조차 없게 되었다. 그러니 그 청청하고 싱그러운 자연의 맛을 어디에서 다시 맛볼 수 있단 말인가.

빗길을 걸으며 이런저런 상념에 잠겨 있는 사이, 발길은 어느새 사무실 앞에 다다랐다. 하루의 일과를 시작하기 위해 이것저것 준비를 하고 있는데 전화벨이 따르릉 울린다. 이렇게 이른 시간에 누구일까? 아직 거래처에는 출근도 하지 않았을 텐데….

망설이다 받은 전화 속에서 고향 친구의 다급한 목소리가 들려왔다. "보은 지방에 집중호우가 내려 마을 전체가 물에 잠겼다"라고 하면서 무척 걱정하고 있었다. 그 친구의 친정이 바로 나와 같은 보은이었기 때문이다. 나도 그곳에 살고 있는 어머니와 오빠 생각이 나서 서둘러 친정으로 향했다. 친정에 도착하니 새벽에 내린 장대비로 집은 온통 물에 잠겼고, 대부분의 농경지도 침수된 상태였다. 허탈한 모습으로 서 있는 고향 마을 사람들은 울음과 웃음으로 반죽 된 체념 어린 미소만을 흘리고 있었다. 나 역시 할 말을 잃은 채 오빠한테 다가가 두 손을 꼭 잡아 줄 뿐이었다. 피땀 흘려 땅을 일구고 그것에 의지한 채 생을 이어가는 오빠의 마음이 오죽이나 아플까? 이 땅은 바로 내 오빠의 삶의 뿌리이며, 생명 그 자체가 아니던가.

불현듯 내가 올 때마다 꿱꿱거리며 마중 나와 주던 오리가 생각났다. 집 앞에 있는 개울가를 아무리 살펴보아도 거기에는 단 한 마리의 오리도 보이질 않았다. 그들도 갑자기 불어난 거센 물살을 이기지 못해 어디론가 쓸려 내려간 모양이었다. 그 오리들은 오빠 내외가 서울에 계신 외할머니를 위해 약용으로 키우던 것이었다. 중풍으로 쓰러진 외할머니는 병원 치료를 받았으나 아직 완치되지 못한 상태인데, 마침 '중풍을 다스리는 데는 오리 피가 좋다'는 말을 들은 오빠 내외가 이른 봄부터 다섯 마리의 새끼 오리를 사다 정성껏 키우는 중이었다.

이렇듯 지극 정성으로 보살피던 오리인지라, 오빠 내외는 농경지 침수보다 더 마음 아파하고 있었다. 그래서 떠내려간 오리를 찾아 사방팔방으로 헤매고 다녔다.

예로부터 효孝는 만행萬行의 근본으로서 인간의 첫째가는 도리라 했는데……

만일 자연自然에 대한 인간의 오만을 징계하기 위한 것이라면, 인간들이 아끼는 재산이나 가져갈 일이지, 왜 이토록 효성 지극한 손자들의 정성까지 앗아가 버렸단 말인가.

하늘이 원망스러웠다. 깊은 회한에 잠긴 오빠는 미리 생각을 하여 챙기고 갈무리하지 못한 자신의 부족함을 탓하고 있었다. 실의에 찬 발걸음으로 집으로 돌아오려니, 어디선가 오리 소리가 들리는 것만 같아 자꾸만 사방을 두리번거리게 된다.

며칠 후 약간의 생필품을 챙겨서 다시 친정으로 갔다. 그간 얼마나 복구되었으며, 또 실종되었던 오리는 돌아왔는지 등이 궁금해서 견딜 수가 없었다.

보은 땅에 도착하니 삶을 향한 사람들의 뜨거운 열정이, 비 갠 들판 곳곳에서 불타고 있었다. 자연재해를 극복하려는 생生의 의욕이 협동심으로 승화되어, 새로운 역사를 일구어내고 있었다.

마을 앞 다리도 복구되고, 관개수로灌漑水路의 도랑 뚝도 말끔히 보수되어 참으로 금석지감今昔之感을 느끼게 했다.

며칠 전에 보았던 들판과는 사뭇 판이하여 경이에 찬 눈망울을 휘둘리고 있는데, 어디선가 꽥꽥하는 소리가 들려왔다. 나는 너무나도 반가운 나머지 단숨에 다리 밑으로 달려갔다. 그랬더니 거기에는 지난 호우에 사라져 마음 졸이게 했던 꿈속에조차 나타나 나를 힘들게 했던 오리 형제들이 한가롭게 노닐고 있는 것이 아닌가.

새로 사 온 것 같지는 않았다. 약간은 낯익은 모습들이어서 오빠한테 물어보았다. 만면滿面에 상기된 웃음을 담고 있던 오빠는 자못 신나는 어조로 대답하는 것이었다.

"얘, 하늘도 감동했던 모양이더라. 글쎄, 멀리멀리 떠내려갔던 오리들이 사흘 만에 다시 돌아왔지 뭐냐…."

마을 사람들도 오빠의 극진한 효성 덕분에 그 오리들이 되돌아왔다고 칭송을 아끼지 않았다. 함께 따라온 아들 서기와 성준이도 외삼촌한테 다가가서 틈틈이 용돈을 모아둔 돼지 저금통을 내밀며, "이것으로 할머님 약 오리를 다시 사서 길러 주세요."라고 하는 것이었다. 누가 시킨 것도 아닌데, 저희 딴에는 돌아온 오리 형제들을 통해 많은 감동을 하였던 모양이다.

한 치 앞도 내다보지 못하는 불완전한 인간의 삶 속에서 이번 홍수로 인해 수재를 당한 수많은 사람을 생각해 보았다. 또한 거센 물살에 떠밀려

실종되었던 오리 가족이 구사일생으로 되살아온 것을 보면서, 혹 누구에게든 득이 되는 존재는 꼭 신이 돌보아 주신다는 섭리를 깨닫게 되었다. 이렇듯 하찮은 오리들의 생환 드라마(?)를 보면서, 나는 내 자식들과 함께 꼭 필요한 사람이 되자고 다짐을 했다.

2부
솔 향기 풍부한 집

복잡한 일상사에 숨이 가쁠 때면

가끔 이곳 선병국 가옥을 찾아와

'도솔천'의 차향을 음미하며 내 마음 한 자락에

쉼을 얻으리라.

길

도시의 황량한 공간이 노란 은행잎으로 가득 채워질 때면 강변에 서 있는 갈대를 벗 삼아 둑길을 걸어본다. 나는 어떤 길을 걸어왔으며 앞으로 가야 할 길은 어디인지, 한 치 앞을 모르는 것이 인생이라는데 지금 어디쯤 와 있는가.

골목길에 들어서게 되면 끝이 보이질 않는다. 어느 만큼 걸어가야만 갈림길이 있는지, 어디쯤에서야 막다른 골목길에 만나게 되는지 알 수 없다. 막다른 골목길을 만났을 때 되돌아가서 다시 걸을 수 있는 사람은 용기 있는 사람이다. 막다른 골목길에서 장애물을 만났을 때 딛고 일어서는 사람에게는 장애물이 디딤돌이 되고 장애물에 걸려 주저앉는 사람에게는 걸림돌이 된다.

인생을 살아가는 동안 막다른 골목길을 만나 보지 않은 사람이 어디 있을까? 끝이 보이지 않는 골목길에서 내가 가야 할 길이 어느 곳인지 망설여진다.

어린 시절 우리는 마음속 깊은 곳에 묻어둔 고향 마을의 익숙한 길에서부터 인생이 시작되었다. 어머니, 아버지 손잡고 비틀거리는 발걸음으로 한발 두발 걸음마를 배울 때 부모님은 동네 사람들에게 "우리 아이가 걸었어요!" 하며 자랑삼아 외쳤다. 양 손목을 꼭 잡고 걸음마를 배울 때면 넘어지지 않고 잘 걸어갈 수 있지만 한 손만 잡고 걸어갈 때는 가끔 돌부리에 걸려 넘어지기도 한다.

지난주일 날 오후 목사님을 모시고 미평에 있는 소년원에 다녀왔다. 현관에 들어서는 순간 혈기 왕성한 남자들의 역한 냄새가 실내를 진동케 했다. 교실 문 앞에서 반장이라는 명찰을 단 건장한 학생이 문을 지키고 서 있는 모습은 가슴을 답답하게 하였다. 유리창 너머로 학생들의 모습을 바라보니 찬 마룻바닥에 줄을 맞추어 바른 자세로 앉아 있었다. 어떤 죄를 지었기에 이곳에 와 있단 말인가. 열심히 공부하고 노력해도 부족할 텐데 저들은 왜 이곳에서 아까운 세월을 보내야 하는지 안타까웠다.

원생들을 위한 기도를 드리기 전에 목사님과 우리 일행은 교무실로 들어갔다. 그곳에서 일하시는 선생님과 목사님이 요담을 나누는 틈을 타서 빈 책상 앞 의자에 앉았다. 책꽂이를 바라보다가 우연히 학생 문예지를 펼쳐보게 되었다. 순간 나의 가슴은 온통 방망이질하듯 두근거렸다. 이 문예지가 이곳에 있는 학생들의 마음이라 생각하니 더욱 가슴이 아팠다. 한 학생의 절규에 찬 음성이 메아리치듯 들려왔다.

학생의 아버지는 자신이 태어났을 때 이미 세상을 떠나셨고, 어머니는 젊은 나이에 청상과부가 된 슬픔을 이기지 못해 몸도 마음도 제대로 가누지 못했단다. 어머니는 자식들을 키우느라 생활고에 시달려 힘에 겨웠는지 어머니의 힘 없는 손목마저 놓쳐 버리고 말았단다. 그런 어려운 가정환경에 적응하지 못하고 끝내 막다른 골목길에서 어둠 속으로 빠져들었다는 학생의 외마디 소리에 나는 가슴이 시려왔다.

또 다른 학생의 아픔이 나에게 전해졌다. 하나의 길은 그의 삶을 바르게 달릴 수 있는 선택된 좁은 길이었고, 다른 하나의 길은 순간적인 쾌락을 마음껏 즐길 수 있는 길이었다는데, 어둠의 터널 속에서 무작정 걸어가다 보니 무엇이 참된 길인지를 깨닫지를 못했다는 것이다. 이제 와서 뒤돌아보니 뭇사람들이 외면하는 그 길은 끝내 가지 말았어야 할 길이었음을 차가운 마룻바닥에 꿇어앉아서야 깨닫게 되었다고 한다.

이제는 오던 길로 되돌아가서 비록 좁은 문이지만 열심히 노력하여 꿈을 찾아 희망의 빛을 향해 걷고 싶다는 학생에게 나는 마음속으로 뜨거운 사랑의 박수를 보냈다. 달리는 길에는 바람이 일어나는 법, 달려가다 쓰러진 자들의 기억 때문에 용기를 잃지 않는 믿음의 사람들은 바람을 스스로 끌어안고 의연하게 생활한다.

내가 살아오는 동안 인생의 골목길에서 장애물을 만났을 때 나는 어떠하였던가? 고사리 같은 어린 손목을 내려놓고 노을 비낀 저 산마루를 그렇게도 빨리 떠나버린 아버지를 생각하시던 내 어머님의 심정은 어떠하셨을까.

지금까지 길을 가는 동안 장애물에 걸려 넘어지면 언제나 힘겨워 허우적거리시면서도 끝내 사랑의 힘으로 우리 남매들의 두 손을 꼭 잡아 일으켜 세워주셨던 어머니. 찬 서리 내리는 깊은 가을밤에 어머니의 큰 사랑을 떠올려 본다. 당신이 걸어오신 비포장 길에서 장애물에 걸려 넘어지셨을 때 누가 일으켜 드렸고 손을 잡아 주셨을까. 인생 중반의 길목에 들어선 지금 당신을 그리는 마음엔 눈물이 넘쳐흐른다.

사춘기 시절, 아직 인생의 앞길을 가름할 수 없었던 나는 곧잘 혼자서 해결해야 할 숱한 고뇌를 안고 살았다. 그럴 때면 아무리 칠흑 같은 밤이라도 아버지 산소를 찾아갔다. 그곳에서 아버지한테 의논을 드리듯 낮은 목소리로 심중의 말들을 토해내다 보면 절로 모든 시름과 고뇌가 풀려 새로운 희망을 품을 수 있었다.

어머니 앞에서는 약한 모습을 보이기가 싫어서 나는 스스로 이런 고행의 길을 헤쳐나왔다. 이제 와 돌아보니 아버님은 떠나실 줄 미리 아시고 딸의 작은 가슴속에 이렇듯 사랑의 씨앗을 듬뿍 심어 놓으셨던 것 같다. 그래서 고뇌와 아픔과 사랑으로 엮어 가는 문학의 길을 인도하시는 것만 같다.

거리에 바람이 분다. 소리 없이 흩날리는 낙엽의 거리에서 문학의 길을 바라본다. 빛이 없는 어둠 속에서 헤매며 한 줄기 그리움으로 피워 올린 신념이 바로 문학이었다는 것을 이제야 확실하게 깨닫는 것 같다.

걸어도 걸어도 끝이 없는 문학의 길, 저 어둡기만 하던 골목길에 한 줄기 찬란한 빛이 쏟아져 내린다. 내가 걸어가야 할 앞길을 환하게 비추면서… 인생은 무덤으로 가기 위한 여행길이라고 누군가 말했듯이 가다가 쓰러지면 넋이라도 걸어가리.

타래

내 고향은 하늘 아래 첫 동네라 불릴 만큼 험준한 두메산골이다. 아름드리 밤나무들이 울창한 숲으로 우거진 마을, 이 마을 형세가 밤송이 같이 생겼다 하여 붙여진 이름 또한 밤송골이다.

나는 이 마을에서 유년 시절을 보냈다. 이른 봄 벚꽃, 싸리꽃, 진달래꽃이 한창일 때면 순수하게 고운 마음을 살찌워 주던 곳, 가을이면 밤나무 숲에 들어가 알밤을 주어와 마당 가에 피워 놓은 장작불에 구워 먹으며 천진난만하게 뛰어놀던 추억의 고향 밤나무골. 나는 지금 이곳에 와 있다.

어머님이 계신 곳, 그리고 큰오빠의 생활 터전이기도 한 이 마을에 오면 절로 어머니의 따뜻한 품속에 안기는 듯한 환상에 빠져 가끔은 어리광도 나온다.

내 아이들은 밤나무 숲으로 알밤을 주우러 가기 위해 언덕배기 앞산을 타고 오른다. 예전에 뱀이 많았던 마을이라서 혹시 뱀에 물릴지도 모른다는 걱정이 앞서 자리에서 일어나 등산복으로 갈아입으려고 장롱 속을 살펴보다 20년 전 초등학교 시절에 입고 다녔던 분홍색 치마와 만나게 되었다. 반가움에 밤을 주우러 산에 올라가기로 한 사실조차 잊은 채 치마를 끌어안고 회상에 잠겼다.

유년 시절 어느 겨울날, 어머님은 따뜻한 아랫목에 앉아 정성스럽게 뜨개질을 하여 연분홍빛 치마를 만들어 주셨다. 옆집의 친구가 예쁜 실로 짠 털 치마를 입은 것을 보고 너무 부러워 어머님께 그 친구와 같은 치마를 떠 달라고 보챘다. 어머님은 실을 구해오셔서 치마를 털실로 뜨기 시작하셨고, 나는 그 옷이 다 만들어질 때까지 줄곧 어머니 옆에 앉아서 졸랐던 일이 생각났다.

그 시절에는 털실이 타래로 되어 있어서 뜨개질하려면 실을 다시 감는 작업이 필요했다. 두 발끝에 원형으로 된 실타래를 걸어두고 손으로 한 바퀴 두 바퀴 풀어내면서 단단하게 실을 감아야만, 뜨개질하는데 편리하게 사용할 수 있다고 하면서 어머니는 실타래를 풀어 감고 있었다.

그러던 중 어머니는 잠시 볼일이 있으셨는지 밖으로 나가셨다. 나는 마음속으로 나도 어머니처럼 해보고 싶었던 중이라 나의 작은 발등에 타래를 걸고 실뭉치를 굴려 가면서 실을 감다가 타래를 발등에 거꾸로 걸었는지 실이 그만 엉키고 말았다.

당황이 되어 식은땀만 주르르 흘러내렸다. 어린 마음에 엉킨 실을 풀려고 무진 애를 썼지만, 실타래는 좀처럼 풀리지 않았다. 풀려고 발버둥 치면 칠수록 실은 더욱 엉켜만 들어갔다. 하는 수 없이 실을 가위로 자르려고 하는데 어머니께서 들어오셨다.

그 광경을 보시고는 어머니는 "엉킨 실을 가위로 자르면 쉽게 풀 수는 있지만, 매듭이 생겨 옷을 짜 놓았을 때 매끄럽지 못해 마디가 생긴다"고 하셨다. 운이 좋아서 매듭이 속으로 들어가면 다행이지만 겉으로 나오게 될 때는 예쁜 옷을 만들 수 없다고 하시며 엉킨 실을 차분한 마음으로 한 번 더 풀어 보라고 하셨다. 지금 그때를 되돌아보니 성격이 급한 딸의 마음을 다듬어 주기 위한 교훈이었다는 것을 이제야 깨닫게 되었다.

어머니 말씀에 따라서 침착하게 원인을 찾아 풀다 보니 가위로 자르지도 않고 매듭 없이 실뭉치에 다 감을 수 있었다. 엉킨 실이 풀리지 않는다고 가위로 싹둑 잘라버렸다면 이 옷에는 영원히 매듭이 엮어져 흉하게 되었을 것이다. 매듭이 없이 매끄럽게 짜여진 핑크빛 치마를 보니 20년이 지난 지금도 감회가 새롭다. 유년 시절 어머니와 타래에 얽힌 사연을 회상하며 나의 인생을 돌아보는 계기도 되었다.

인생은 무거운 짐을 지고 먼 길을 가는 것과 무엇이 다르단 말인가? 서두르지 말고 느긋한 마음으로 모두를 포용하며 살자. 요즈음 나는 내 주변에서 가까이 만나는 사람들과 많은 갈등을 느끼며 살아간다. 어떨 때는 인연을 끊고 나만의 공간에서 조용히 생활하고 싶은 생각이 들 때도 있다. 내 아이들과 내 가족이나 돌보면서 편안한 생활을 하고 싶다. 그럴 때마다 또 다른 나는 나의 마음을 일깨워 준다. 인생을 살아가는 동안 어려운 일이 생길 때마다 부딪히는 길을 피해간다면 깨달음은 영원히 없을 거라고……

오래간만에 찾아갔던 고향에서 실타래처럼 엉킨 내 마음의 현주소를 깨닫게 해 준 이 옷이 마냥 고맙게 느껴진다. 매듭 없이 잘 짜주신 연분 홍빛 치마를 보면서 어머니께서 일찍이 일깨워 주신 매듭 풀기의 교훈을 다시금 되새겨 본다.

인간과 인간의 관계 속에 살아가야 하는 삶의 여정에서 가끔은 엉킨 실타래처럼 복잡한 관계가 있기 마련이다. 이럴 땐 과감히 엉킨 실타래를 가위로 자르듯이 끊어버리고 싶을 때도 있다. 그러나 마음을 비우고 겸손한 자세로 다가가 좋은 옷을 짜듯이, 좋은 인연으로 엮어 간다면 그 삶은 절대 외롭지 않을 것이다.

엉킨 실타래를 풀 듯, 시간이 걸리고 인내의 고통이 따른다 해도 단절로 인해 고립된 인생을 살기보다는 따뜻한 만남으로 가꾸는 노력이 필요하리라.

절미 항아리

스산한 가을바람이 옷깃을 여미게 하는 오후, 따뜻한 차 한 잔을 들고 거실에 앉아 홀로 명상에 잠겨본다. 멍하니 베란다 쪽을 바라보고 있노라니 마치 할머니의 머리칼 같은, 하얀 갈대를 품고 있는 오지항아리에 시선이 멎는다.

항상 바쁜 일상에 쫓기느라 요즈음은 별로 관심조차 두지 않았던 항아리였는데, 오늘따라 저렇듯 뽀얀 먼지를 쓴 채 내 유년의 추억을 피워 올릴 줄이야……

무의식중에 행주를 들고나온 나는 반들반들 윤이 나도록 닦으며 그 속에 담겨진 추억을 더듬어 본다.

몇 차례 이사하는 과정에서 약간 실금이 갔지만, 이 아파트로 이사 올 때 나는 저 항아리를 버리지 않고 가지고 왔다. 어린 시절 고향 집 광속의 한쪽 구석에서 어머니가 쌀을 꺼낼 때마다 한 줌씩을 받아 별도로 보관해 온 '절미 항아리'였기 때문이다. 여기에는 눈에 보이는 단순한 쌀만이 아니라 내 어머니의 알뜰한 절약 정신이 고스란히 깃들어 있던 것이다.

내 고향 토담집 뒤뜰에는 광이 있었다. 어머니가 광 속에 쌀을 꺼내러 들어가면 나는 그 속에서 무슨 특별한 보물이라도 숨어 있는 듯한 호기심에 그냥 졸졸 따라 들어가곤 했다. 내 키보다 훨씬 큰 항아리에서 쌀 한 바가지를 뜨신 어머니는 그 바가지에서 다시 한 줌을 떼어내어 작은 항아리에 담는 것이었다. 그것이 바로 내 앞에서 주저리주저리 옛이야기를 풀어내고 있는 이 '절미 항아리'인 것이다.

어머님은 평생을 이렇게 근검절약하며 사셨다. 조금은 여유가 있는 집으로 시집을 왔지만 4남매를 앞에 두고 먼저 가신 아버지의 빈자리를 메우기 위해 지나치리만큼 알뜰하고 규모 있게 구두쇠 생활로 일관했다.

집에서 멀리 떨어진 큰댁은 두어 시간을 걸어야 갈 수가 있었다. 큰집에 다녀올 때면 큰어머님이 주시는 50원의 차비를 아끼느라 항상 걸어오곤 했다. 다리가 아파 칭얼대는 나에게 "버스를 타면 쉽게 올 수는 있지만, 그 돈이면 비누가 몇 장인데"라고 하시면서 나를 달래셨다.

어린 시절에 겪었던 가난에 염증이 났음일까. 나는 결혼을 할 때, 경제적 여건을 우선적으로 고려해서 택했다. 그러나 '인간만사 새옹지마 人間萬事 塞翁之馬'라 하더니 우리는 신혼 기분이 채 가시기 전에 남편이 봉직하던 화학약품 회사가 부도 사태를 맞게 되었다.

이렇게 해서 실의와 좌절의 늪에서 헤매고 있을 때, 문득 어머니가 보여주셨던 무언의 절약 정신이 섬광처럼 스쳐 갔다. 그렇다. 큰 부자는 하늘이 내지만 작은 부자는 절약하는 자의 몫이라고 하지 않았던가. 그래서 나는 그 옛날의 어머니처럼 살기로 작심했다. 어쩌면 어머니의 교훈을 생생한 실천을 통해 터득하라는 신의 섭리인지도 모른다고 스스로 위로하고, 다짐했다.

이리서리 논의하고 고심한 끝에 부도 처리된 회사를 우리가 직접 인수해서 경영하기로 했다. 남편은 남편대로 1인 2, 3역으로 뛰어다녔고, 나는 나대로 갓난아기를 등에 업은 채 허리끈을 바짝 졸라맸다. 경리 직원을 고용할 형편도 되지 못했다. 그러니 나도 현장에 나와 직접 뛸 수밖에……

장부 정리하랴, 주문 전화 받으랴, 실로 엄청난 고역을 겪으면서 살았다. 특히 칭얼대는 아이의 입을 막으며 가슴 졸여야 했던 일을 생각하면 지금도 그 아이들한테는 미안한 마음이 앞선다.

오로지 부채를 갚아야 한다는 일념으로 살아온 지난 세월들, 그간에 겪었던 고통이야 어찌 말로 다 할 수 있으랴. 열심히 절약하면서 성실하게 살아온 덕에 우리 처지로서는 너무나 부담이었던 거금의 빚을 3년 만에 다 갚을 수 있었다. 그리하여 이제는 조금의 여유도 생기게 되어 그런대로 자족하며 살아가고 있다.

두 아이의 엄마가 된 지금 저 항아리를 보면 내 어머니의 깊은 사랑과 교훈을 새삼스럽게 되새겨 보는 동기를 부여한다.

옹기장이의 손을 거쳐 흙이 항아리로 변신하면 그 속에 무엇을 담느냐에 따라 그의 용도와 위상이 달라지듯이, 내 어머니의 절미 항아리는 단순한 저축의 차원을 넘어 우리에게 무한한 가능성의 꿈을 심어준 요술 항아리였다. 나는 이 요술 항아리를 보면서 내 아이들에게 어떤 항아리를 물려주어야 할지를 곰곰하게 되뇌어 본다.

어릴 때 가까운 거리에서 무언의 교훈으로 받아들이게 되는 어머니의 생활양식은 성인이 되었을 때 하나의 새로운 습관처럼 나타난다. 언제나 내일을 준비하며 살아오신 어머니. 그렇게 알뜰히 살아오셨기에 우리 남매는 아무 탈 없이 오늘을 맞을 수 있었으리라.

어머니처럼 알뜰한 성격은 못되지만, 그 밑에서 영향을 받은 덕일까. 나 역시 일상 속에서 작은 물건 하나라도 헛되이 버리지 않고 잘 분류해서 가까운 고물상에 보내곤 한다. 고물을 묵히면 그대로 고물일 수밖에 없지만, 그것을 다시 활용하면 바로 보물이 될 수도 있다는 진리가 나이를 먹을수록 더욱더 절실한 느낌으로 다가온다.

'풍요 속의 빈곤'이라는 말이 있듯이 요즈음 아이들은 물질 면에서는 단군 이래 최대 풍요를 누리고 있지만, 정서 면에서는 그 반대로 살벌한 빈곤 지대를 헤매고 있는 것 같다. 그런 아이들에게 내가 진정으로 소중하게 심어주어야 할 덕목은 바로 절약 정신이라는 것을 다시 한번 실감하면서 내 생활을 조용히 점검해 본다.

베란다 귀퉁이에 고즈넉이 앉아서 보는 듯 못 보는 듯 내 삶을 주시하고 있는 '절미 항아리'는 내 어머니의 눈길처럼 오늘도 내 마음을 다독이며 무언의 교훈을 일깨워 주고 있다.

끊어진 연

산성으로 가는 길가에 이름 모를 들꽃이 무리 지어 피어있다. 수없이 피었다 지는 들꽃처럼 평범한 삶 속에서, 많은 만남이 이루어지지만, 그중에서도 기억 속에 남아 잊혀지지 않는 사람이 있고, 가슴에 남아서 잊혀지지 않는 사람의 인연이 있다.

3학년 때 큰아이의 담임이신 이☀선생님과의 만남은 진정으로 가슴에 소중히 남아 있는 추억이다. 학년 초에는 어머니들이 선생님 마음에 먼저 들어오면 아이들을 제대로 파악할 수 없으니 자모子母와의 만남을 뒤로 미루셨다. 그래서일까. 그분을 처음 만났을 때 쉽게 다가서지는 못했지만, 무척 호감이 갔다. 그렇게 새 학년 생활이 지나고 오월 스승의 날이 다가왔다. 선생님의 곧은 성품을 자모들은 알았기에 조심스럽게 선생님을 찾았지만 "나에게 선물할 것이 있으면 우리 학교 분교인 현양원 학생들에게 간식이라도 사다 드리세요."라는 말씀을 하셨다. 부끄러운 마음을 감출 수 없어서 자모들은 마음을 모아 현양원을 찾았다.

현양원에는 갈 곳이 없는 노인과 정신질환자가 함께 수용되어 있었다. 부모의 정에 굶주린 아이들. 엄마가 만들어 주는 간식을 먹는 것이 소원이라는 아이들, 자모들은 이들을 위하여 단 하루만이라도 어머니의 역할을 하기로 했다. 어깨에 매달려 떨어지지 않는 그들을 가슴으로 끌어안으니 파마머리를 만지며 좋아했다. 마지막 설거지를 하고 있을 때 남학생이 와서 말을 건넨다. "저는요 부모님이 계신 친구들을 보면 죽이고 싶을 만큼 미워요."라며 두 눈을 부릅떴다. 갑작스러운 아이의 언행에 놀랍기도 했지만, 시간이 지날수록 그 말이 가슴을 시리게 했다. 순수하고 맑은 눈망울을 가진 아이가 부모를 얼마나 그리워 가슴속이 타다 숯이 되었으면 이런 말을 할까? 나는 말을 잊은 채 망연해했다.

그동안 나는 이런 곳에서 생활하는 아이들이 있는 것도 모르고 내 아이만이 최고라 생각하며 살았던 일이 부끄러워 고개를 들 수가 없었다.

얼마 전 연날리기 대회가 무심천에서 열렸을 때 우리 아이가 예선을 통과하여 본선 진출이 확정되어 결승에 출전할 때의 일이다. 두 손으로 얼레를 꼭 잡은 아이의 표정이 진지했다. 바람 따라 하늘 높이 날아오르기를 소망하며 얼레를 열심히 풀어주고 있는데 어디선가 세찬 회오리바람이 휘몰아쳤다. 오는 바람을 이겨내기 위하여 방패연은 하늘에서 이리저리 몸을 움직였다. 곤두박질치려다 제자리로 왔다가 다시 곤두박질치는 방패연은 끝내 바람을 이겨내지 못하고 곡예를 하는 것처럼 흔들거렸다. 그런 연(鳶)을 보니 달려가 꼭 잡아 주고 싶었다. 연을 날리는 아이의 눈빛도 나의 기원도 연(鳶)에겐 끈이 닿지 못함이었는지, 바람을 이기지 못하고 힘없이 툭 끊어지고 말았다. 끊어진 연(鳶)은 어디로 갔을까? 허전한 마음을 달래며 한참을 멀리멀리 날아가 버린 방패연을 바라보다가 아쉬운 마음 달래며 집으로 돌아오던 중 문뜩 현양원 아이들이 생각났다.

얼레에서 실 끊어진 연(鳶)과 무엇이 다르단 말인가.

끊어진 연(鳶)이 아무리 날갯짓을 한들 다시 날아오를 수 없듯이 부모와 떨어진 아이의 앞날을 생각하니 가슴이 아팠다. 다음에 현양원을 방문할 때는 간식을 주는 것도 필요하겠지만 어미의 정에 굶주린 아이들에게 가슴으로 따뜻하게 품어주어야겠다는 생각이 들었다. "나는 널 믿어. 그리고 우린 너를 사랑한다."라는 말을 전해주리라….

얼마 후 우연히 그곳을 지나게 되었다. 불현듯 아이들이 궁금하여서 현양원으로 핸들을 돌렸는데 산속이라서 그런지 그날따라 적막하고 고요했다. 까치 소리가 간간이 들리고 뻐꾸기 소리마저 쓸쓸하게 들려올 때 나의 마음은 어느새 아이들에게 향하고 있었다. 자동차에서 내려 산모롱이 길가에 앉아 있는데 어디선가 아이들 소리가 들려왔다. 숙소에서 공을 들고 내려오던 아이들은 갑자기 걸음을 멈추고, 오랫동안 우리 부부를 바라보았다. 그 아이들은 무슨 생각을 그렇게 오랫동안 하면서 우리를 바라보고 있었을까? 행여나 어머니의 모습이 아닐까 하는 그리움에 잠겨 있는 듯한 표정이었다. 아이들은 얼마나 어미를 그리워하며 엄마라고 불러보고 싶었을까.

유년 시절 고향을 떠나왔을 때 어머님을 많이 그리워했던 추억이 있다. 어머니께서는 자식 교육은 도시에서 공부해야만 훌륭하게 될 수 있다 믿으셨는지, 나와 오빠를 청주로 나와서 공부할 수 있도록 환경을 만들어 주셨다. 전세방 하나 달랑 얻어 주시고는 우리 남매만 남겨두고 고향으로 돌아가셨을 때 어머님을 향한 그리움을 어찌 말로 표현할 수 있을까. 저녁이 되면 어머니가 보고 싶고 그리워서 눈물짓는 날도 많았었지만, 나에게는 돌아갈 수 있는 가족이 있었기에 외로움을 참아내며 학교생활을 잘 할 수 있었다. 그러나 이곳에 살고 있는 아이들은 어디로 마음의 언덕을 두고 살아갈까? 아버지는 튼튼한 울타리가 되어 주고 어머니는 따뜻한 방이 되어 사랑으로 자녀를 돌보는 세상이 되어야만 이곳의 어린이들이 더 이상 늘어나지 않으련만 참으로 안타깝다.

내 안의 울타리만을 감쌀 줄 알았던 내게 울타리 없는 곳에서 끊어진 연鳶처럼 살아가는 사람을 만나게 해 준 선생님이 그리워진다.

이 선생님이 학교에 계실 때는 열네 명의 자모들이 정기적으로 현양원을 찾았지만, 그분이 진천으로 전근 가신 후에는 그 일이 소홀해질까봐 정성을 들이며 다음날 갈 날짜를 달력에 표시해둔다.

그들을 찾는 것은 끊어진 연줄을 이어주어서 하늘 높이 날아오를 수 있도록 꿈과 희망을 불어넣어 주기 위함이다. 그러나 끊어진 연줄을 이어 줄 손들이 줄어드는 것이 아쉽다.

그리고 끊어진 지 오래된 연줄을 보면서 사랑과 관심이 결핍된 표정이 없는 아이들에게 쏟았던 나의 작은사랑에 아쉬움만 남았다.

생의 기쁨보다 슬픔을 먼저 알아버린 아이들의 멍든 마음에 어떻게 등불을 밝혀주어야 좋을지… 앞으로도 연鳶 끈을 이어주는 일을 계속할 생각이다. 나의 사랑하는 연鳶들아! 미래를 위해 희망과 꿈을 안고 하늘 높이 높이 날아오르렴.

마음의 자리

사르락 사르락 싸락눈 내리는 토요일 오후 목욕탕에 갔다. 말 그대로 열병을 앓고 있는 듯 신열이 목젖까지 끓어올라 사우나를 찾았다. 목욕탕에 가게 되면 공기 방울이 피어오르는 온탕에서 몸과 마음을 데웠는데 열탕에 들어가는 습관이 요즘에 생겼다. 수증기가 아지랑이처럼 피어오르는 열탕 안으로 들어가면 시린 가슴이 따뜻하게 데워질 것 같은 느낌이 들어서 좋다. 커피잔에 원두커피를 가득 부어야 커피 맛을 느낄 수 있는 나는 목욕탕 안의 열탕도 또한 물이 가득 차 있는 상태를 좋아한다. 그러나 오늘은 열탕 안이 물로 가득 차지 않았기에 자꾸 시선이 찰랑거리는 물살의 높이에만 머문다. 그때 한 사람이 들어왔다. 나는 그 여인의 시선과 마주쳤다. 나도 모르게 반사적으로 시선을 돌려 물의 찰랑거림을 보니 물이 부족했던 물 높이가 채워지는 듯하다. 시간이 얼마나 지났을까. 한 여인이 또 들어온다.

어느새 열탕의 빈자리가 사람의 몸에 의하여 메워졌고 열탕 안 물이 가득 넘쳐흘렀다. 나는 순간 내 마음의 그릇을 생각했다. 두 사람이 들어온 후 넘쳐나는 탕의 물. 내 마음도 비어 있다가 누군가 들어오면 저렇게 넘쳐날까? 마음이 허전한 것은 또 다른 마음이 들어올 수 있는 공간이 비어 있다는 의미인가? 내가 외로움을 느낄 때는 누군가 내 안에 들어올 수 있다고 하는 생각을 해보았다. 비어 있다는 것은 채워야 할 그 무엇이 있다는 것이다. 그럴 때 누군가를 만나면 쉽게 가까워지고 쉽게 마음에 들여놓게 되는 것이다. 특히 동성보다 이성과의 만남은 어쩔 수 없는 운명을 초래하는 결과가 이루어지기 때문이니라.

요즈음 나는 아름다운 만남을 꿈꾼다. 격정적인 만남은 마음에 상처를 남기지만 아름다운 만남은 마음에 추억이라는 씨를 심어준다. 추억의 씨는 늘 발아를 꿈꾸지 않는가. 너무 뜨거운 만남으로 마음에 데이지 말아야 하리라. 은은한 정으로 이어지는 만남. 그런 아름다움을 꿈꾼다. 계산도 없고 바램도 없고 그저 만나면 마음이 따뜻해지는 사람. 그리움에 잠 못 이루기보다는 한잔의 커피에 문득 생각나는 사람. 보고 싶어 달려가기보다는 먼 산을 바라볼 때 희미한 미소가 떠오르는 사람. 그런 아름다운 만남이래야 한다. 집착하지 않고 편안한 사람. 매일 보고 싶어 안달하지 않고 가끔 생각나는 사람. 우연히 마주쳐도 별일 없으세요? 하고 물을 수 있는 사람. 서점에 가서 책을 고르다가 문득 생각나는 사람. 그런 사람을 만나고 싶다.

뚝배기 같이 오래 데워져서 빨리 식지 않는 은근한 정이 오가는 그런 만남을 갖고 싶다. 너 없으면 못 살아 하는 사람은 싫다. 네가 있어서 가끔 행복하다고 할 수 있는 사람. 그냥 너를 생각하면 편안해할 수 있는 사람. 가끔 잊은 것 같다가도 안부를 물을 수 있는 사람. 그런 사람을 만나고 싶다. 상처로 남아 다시는 정 주지 않겠다고 후회하는 만남은 싫다. 그런 만남을 가지려면 내 마음을 너무 비워 놓으면 안 되리라.

그러나 쉼터가 없이 너무 채워도 안 되는 마음의 자리. 내 마음의 알맞은 수위는 어느 만큼일까. 얼마나 비워내야 하고 얼마만큼 채워야 하는 걸까. 마음에도 물소리가 찰랑거리면 이렇게 따뜻한 수증기가 포근하게 감싸줄까. 오늘은 마음의 수위를 알맞게 조절해야겠다.

허수아비의 사랑

유행가 가사처럼 10월의 마지막 날이었다. 가로수의 나뭇잎도 스산하게 마지막 비행을 하며 길 위로 떨어지고 그 길을 무작정 달려가다 허수아비를 만났다. 알곡을 거둔 들판에서 빛바랜 옷을 걸치고 빈 들녘을 지키는 허수아비. 문득 허수아비의 빈 가슴이 내 가슴인 양 허전하다.

이 한 계절을 위해 낟알의 파수꾼으로 허수아비는 존재한다. 거짓의 옷을 걸치고 빈 가슴으로 새들을 쫓아내야 한다. 알곡은 진실인데 허수아비는 글자 그대로 거짓의 실체다.

가을이면 하얗게 핀 갈대처럼 바람에 흔들리며 허허로운 가슴을 쓸어내리는 내 가을 앓이. 그 가을 앓이가 왜 허수아비를 보는 순간 위로가 되었을까?

인생이란 어쩌면 허수아비의 삶인지도 모른다. 어느 영혼이 놓고 간 육체를 빌려 세상에 태어나는 순간부터 겉치레를 위하여 덧칠하며 껴입고 또 껴입어야 하는 것이 인생이 아닌가.

순수한 열정이나 순간의 사랑은 이성이란 틀로 억누르며 감정은 뒷

전으로 미루고 처한 현실에 얽어매어 가슴을 때때로 냉각시켜야 한다.

허수아비에게 뜨거운 가슴이 존재한다면 하염없이 서서 바람에 헌 옷자락이나 나부끼고 있지는 않을 것이다. 가슴이란 얼마나 설레는 말일까. 가슴이 있어도 허수아비같이 무심한 사람이라면 얼마나 멋없고 메마른 세상이 될 것인가. 가슴과 가슴으로 만날 때 사랑은 시작된다. 걷잡을 수 없는 폭포처럼 가슴이 뛰고 미치도록 그리움이 파도칠 때 가슴은 열병을 앓는다.

도덕과 윤리가 존재하지 않는다면 가슴 사랑은 세상을 어지럽힐 것이다. 이성理性이 존재하기에 때로는 허수아비의 가슴이 되어야 할 때가 있다. 존재하는 가슴을 다독이는 일은 얼마나 큰 아픔인가. 그리워도 그립다 말 못 하는 가슴. 보고 싶어도 만나지 말아야 할 가슴. 그 가슴을 헌 옷 속에 묻고 바람결에 소매 끝이나 펄럭여야 할 허수아비 가슴이 부러울 때가 있다.

진실이란 그래서 고귀하고 소중한 것이리라. 그러나 자연은 있는 그대로 언제나 거짓이 없다. 가을이 오면 나무들은 밝은 햇빛 아래서도 한 점 서리낌 없이 입었던 옷을 훌훌 털어 버린다. 찬 바람 부는 겨울이 와도 당당하게 나신裸身을 드러낼 것이다. 허수아비 가슴은 아무 갈등도 없으니 얼마나 평화로울 수 있겠는가.

길가 논두렁 언저리에 서 있는 허수아비
겨우내 침묵할 대지를 보며
무슨 상념에 빠져 있는 걸까
한 해 동안 내 안에서
참새 떼 메뚜기 떼
나의 손놀림 하나로 지켜온 들녘

이제는 빈 들녘에서
흙의 사랑을 말없이 키우며
편안히도
우리 사랑을 감싸 안는다.

솔 향기 풍부한 집

짙푸른 6월의 신록이 오랜 가뭄에 윤기를 잃고 타들어 가던 날, 오랜 만에 내 고향 보은 땅을 밟았다. 산세가 빼어난 그곳은 인심도 좋아 선한 사람들의 끈끈한 정이 넘쳐나는 고장이다. 유년의 가슴 속에 살포시 피어오르는 고운 감성을 키워주었던 내 유년의 보금자리.

그 시절 그곳에 아흔아홉 칸의 큰 기와집이 있다는 소문을 어른들한 테서 자주 들었던 터라 오늘은 모처럼 시간을 내어 찾아보기로 했다. 서원계곡을 따라 차를 달리는 기분은 가뭄만 아니라면 옥구슬처럼 맑은 물결의 일렁임을 즐겼을 텐데 오랜 가뭄으로 바닥에 드러난 둥그런 돌들이 하늘을 원망하며 하얗게 누워있어 아쉬움이 일었다.

계곡 둔덕에 소나무 숲이 아늑하게 둘러쳐져 있고, 그 안쪽으로는 구한말에 지은 선병국宣炳國 가옥이 장엄하게 자리를 잡고 있다. 보은군 외속리면 하개리 154번지에 자리한 선병국 고가宣炳國 古家는 그의 선친 先親인 정훈씨가 전남 보성에서 보은으로 이주하여 연꽃이 물 위에 떠 있는 명당 터에 자리를 잡고 살다가 99칸의 양반 가옥을 지어 오늘에 이르고 있다고 한다. 이 건물을 지은 고故 선정훈 씨는 큰 부호富豪의 호걸로 보은과 회인에 서당을 짓게 하고 운영 자금을 지원하여 많은 인재를 양성하였단다. 또한 굶주리는 주민들에게 곡식을 무상으로 지급하면서 후덕한 삶을 살아온 분이셨다고 한다.

그 집은 속리산 천왕봉에서 시작된 삼가천三街川의 맑은 물이 서원계곡을 따라 큰 개울을 이루고, 그 중간에 돌과 흙이 모인 삼각주여서 그 모습이 배의 형상 같았다.

아름드리 소나무가 숲을 이룬 중앙, 바로 이곳 연화부수형蓮花浮水形의 좋은 터에 큰 기와집을 지은 것이다. 1910년에서 1921년에 걸쳐 완성된 이 집은 당대 제일가는 갑부가 전국에서 내로라하는 목수들을 가려 뽑아 후한 대접을 하면서 이상형으로 집을 지었다 한다.

이 시기에는 개화의 물결을 타고 개량식 한옥의 구조가 태동하던 시기인데 재래식 한옥으로 질박하게 짓기보다는 진취적인 기상을 바탕으로 새로운 한옥을 시도했던 것이다. 그런 시대에 걸맞게 특징적으로 지어졌으므로 학술적으로 중요한 가치를 지니고 있어 현재 중요 민속자료 134호로 지정되어 있다.

집의 구조는 사랑채와 안채, 사당채의 세 공간으로 나뉘어 있고 우아한 자태와 처마의 곡선은 보는 사람을 편안하게 하는 여유로움을 안겨준다. 사당채 일곽一廓은 뚝 떨어져 낮은 담장을 두르고 삼문을 거쳐 출입하게 되어 있다. 사당은 삼 칸이고 옆에 재실 삼 칸이 따로 마련되어 있었다.

그 집은 공간 하나하나마다 안 담을 두르고 전체를 다시 바깥담으로 둘러싸고 있으며, 남쪽 정면으로 길게 뻗은 담 한가운데에 솟을대문이 있고, 그 안에 넓은 바깥마당을 지나면 중문에 이른다. 그 대문에 들어오면 사랑채가 나오는데 이 사랑채는 남향으로 무사석武沙石 같이 다듬은 세벌대 위에 자리 잡고 있다. 퇴기둥의 주초는 화강암을 다듬은 팔각으로 보통의 사랑채에서 보기 드문 형식을 취했고 처마는 홑처마로서 서까래가 길어서 처마 깊이는 상당히 깊었다.

또 담장 밖에 떨어져 있는 효열문 안에는 열녀비와 효자비가 세워져 대가大家댁의 품격을 더해주고 있다. 그 앞에 조그만 비석이 세워져 있어 한 자 한 자 찬찬히 읽어보니 이곳이 많은 학자를 길러낸 교육의 요람이었음을 알 수 있었다.

유학 사상을 바탕으로 많은 인재를 길러낸 이곳에서 배출된 한학자들이 우리나라 곳곳에 배치되어 교육을 담당했던 사실들이 적혀 있었다. 그럴 뿐만 아니라 일제 강점기에는 민족의식을 일깨워 나라의 주권 함양을 목표로 지금까지 그 맥이 이어져 장학사업을 하고 있어 이를 기념하기 위해 뜻있는 후손들이 그 비를 세워 기념하고 있다.

역시 우리 고장 충북 옥천에서 출생한 큰 학자로 존경을 받던 임창순任昌淳 선생도 이곳 출신이라고 하니 더 감회가 깊었다.

안 대문을 지난 중문 왼쪽에 이르면 고즈넉이 하늘을 이고 있는 오래된 노송 한 그루가 멋과 기풍을 과시하며 우뚝 서 있다. 그곳 사당채 마당이 마치 하나의 화단이라면 그 안에 심어진 한 그루의 거대한 노송 분재를 보는 듯했다. 곧은 나무가 되어 하늘로 솟아오르게 하기보다는 줄기를 자라지 못하게 구불구불 곡선을 만들어 나지막한 그늘을 이루어 사시사철 푸른 선비의 기개를 소나무를 통해 느끼고 싶었음일까.

도솔천 찻집에 올라 통나무로 된 찻상을 앞에 두고 솟을대문을 향해 앉았다. 문설주를 지나 남쪽을 향해 탁 트인 시야에 대문을 통해 보이는 앞 배경이 한유閑遊로운 정경에 젖게 한다. 처마를 따라 길게 뻗은 나무의 목 문이 하나하나 모두 달라 너무나 아름다워 보인다.

옛 선비들이 모여 시문詩文을 읽었음 직한 사랑채엔 지금도 '도솔천兜率天'이란 찻집을 차려 그 집의 둘째 종손 부인 홍영회 여사가 우리 고유의 전통차를 준비해 운영하고 있었다.

나무로 된 찻잔 받침에 차를 내온 여인은 고전미가 아늑히 배어 기품이 흘렀다. 이 집에 어울리게 곱게 빗어 쪽을 진 머리에 꽂힌 비녀도 신비스럽지만, 화장기 없는 얼굴에 은은한 솔향이 배어있어 시대를 한참이나 거슬러 간 느낌을 주었다.

집이란 우리들의 삶의 둥지이다. 그러나 선씨宣氏 문중의 자손들이 장학사업을 하면서 이 큰집만큼이나 덕을 베풀어 온 삶을 돌아보면서 많은 생각을 하게 된다.

그 집의 선친인 정훈正薰씨는 17세 어린 나이에 이미 아흔아홉 칸의 큰 집을 지을 구상을 직접 하였다 한다. 만석꾼 부자는 하늘에서 내린다고 하는데 그는 이처럼 큰 복을 담아놓을 마음의 그릇이 준비된 사람이 아니었을까.

물소리, 바람 소리, 솔 향기 풍부한 내 고향에 이런 값진 문화재가 있다는 것에 자긍심을 갖는다. 아파트 문화에 익숙해 가는 내 감성에 오랜만에 한가한 여유를 즐길 수 있었다. 복잡한 일상사에 숨이 가쁠 때면 가끔 이곳 선병국 가옥을 찾아와 '도솔천'의 차향을 음미하며 내 마음 한 자락에 쉼을 얻으리라.

낮달

"선생님! 동쪽 하늘에 해가 뜨면 서쪽 하늘에는 무엇이 있나요?"

온 세상이 하얀 눈꽃으로 수놓아졌던 날, 고운 목소리의 낯선 사람으로부터 한 통의 전화를 받았다.

"글쎄요?"

낯선 사람으로부터의 물음에 정신적으로 혼란스러웠다.

"동쪽에 해가 뜨면 서쪽에는 해가 넘어가나요?"

"서쪽 하늘에는 낮달이 떠 있지요."

내 입가엔 호기심의 웃음이 흐르면서 묘한 전율이 가슴으로 느껴왔다. 가끔 잊을만하면 한 번씩 그 비슷한 전화가 왔다.

어느 날 그가 시인이라는 사실을 알게 되었다.

그는 시적 은유로 내게서 라벤더lavender향내를 맡는다고 했다. 사춘기 소녀처럼 내 가슴은 시詩의 물결로 출렁거리며 그에게로 조금씩 파도가 밀려갔다.

'시인은 아름답다'라는 말을 상상하며 그의 시적 상상력에 내 가슴도 조금씩 젖어 들었다.

'어떻게 생긴 사람일까?'

막연한 그리움의 실체가 점점 마음에 불을 지폈다. 그것은 시인을 동경하는 평소의 내 마음 때문만은 아니었다. 나를 소재로 한 많은 시어를 통해서 점점 나를 아름다운 꽃밭으로 만들고 있는 그가 내 마음속에서도 멋을 아는 사람으로 자리 잡아가고 있음을 감지했기 때문이었다.

그러나 그것은 어디까지나 현실을 떠난 상상력이었다. 그런 상상력은 가슴 한쪽에 곱게 감추고 싶은 부분이어야 한다는 것을 나 자신에게 다짐을 시켰다.

어느 날 문학회 세미나장에서 나는 그와 만났다. 그는 내 상상 속의 나비는 아니었다. 다만 그의 시詩에 취했던 것이었다. 그런데도 그동안 그의 시詩에 취한 마음은 어느새 마음속에 아주 견고한 꽃밭을 만들어 놓고 있었음을 실감하게 되었다. 그를 통해서 나는 그의 문향을 그리워하는 꽃을 가슴에 피우고 있었던 것이다.

서로의 가슴에 아름다운 향기를 지닌 건전한 교류를 소중하게 간직할 수도 있다는 사실을 합리화시키고 있는 자신을 발견하였다. 우린 건너지 못할 강을 갖고 있는 사이였다. 다만 글로서 서로의 감성을 아름다운 꽃밭으로 가꾸며 문향을 맡는 떳떳한 관계이길 서로가 바랬다.

사랑이 우물 속의 달이라는 걸 깨닫는데 너무 오랜 세월을 보낸 것 같다는 그는 나를 보면 밤새 퍼 올려도 그냥 웃고 있는 우물 속 뽀얀 달이 생각난단다.

내 가슴 속에 흐르는 또 하나의 사랑. 달려가 잡을 수도 없고 만날 수도 없는 낮달.

언제나 변함없이 하늘 그 자리에 떠서 현실의 더 큰 사랑인 내 가정과 내 자식을 보듬어 안은 태양을 반대로 해야 하는 사랑이다. 그러나 그 큰 대양 같은 사상이 건재하기에 나는 가끔 낮달의 그리움에 젖을 수 있음을 안다.

그는 어느 날부터 우편함으로 내 시선을 끌었다. 그리움의 실체를 육필에 실어 시詩들을 보내오곤 한다. 내가 갈증을 느끼던 시심詩心에 그는 꽃씨를 뿌리고 물을 주며 가꾸어 가고 있다.

아시나요
그대 향해 출렁이는
가슴속 깊은 물이랑을

스치는 눈빛 하나로 무지개 뜨는
아득한 나의 하루
그대 아시나요

그대 생각하면
가슴에 깃털 고운 산새가 날고
귓속 가득 푸른 종이 울어요

눈길 닿는데 마다

들꽃은 피고

발길 머무는 곳마다

하늘빛 샘이 솟아요

그대 아시나요

오늘도 바람 부는

강가에 나가

그리운 이름 부르다 부르다

돌아서는 마음

끝도 없이 출렁이는 그대 향한

내 마음을

오늘은 그에게 그동안 받은 시심을 살려 시詩 한 편을 띄운다.

3부

산에 핀 마음

뜨거운 가슴에서 꺼낸 말들이

차가운 이성의 머리로 올바른 판단을 할 때

모든 오해의 소지가 풀릴 것이다.

만남

　인생은 만남과 헤어짐의 연속이라 했던가. 산에 오르면 등산객을 만나고 강에 가면 낚시꾼을 만난다. 문학회에 나가면 문인들을 만나고 학교 학부모회에 가면 학생들의 어머니를 만난다. 우리는 이렇게 수없이 많은 만남을 통하여 세상을 관조하며 인생을 가꾸어 나간다.

　나는 아직 학부모의 역할에 더 큰 비중을 두고 생활해야 하는 처지여서 아이들의 스승과의 만남을 가장 소중하게 여기고 있다. 우리 아들이 좋은 스승님을 만나 존경하는 마음으로 닮아가려 노력하고, 또한 용기와 격려에 힘입어 점진적인 향상을 도모할 수 있다면 그 이상 무엇을 더 바라겠는가. 진정 물질적 가치로 비길 수 없는 소중한 보배라는 생각 때문에 나는 오늘도 맹모孟母와 사임당의 교훈을 골똘히 되새김질하고 있다.

　큰아들 서기가 어린이회장으로 당선된 덕분에 나 역시 어머니회 회장직을 맡게 되었던 적이 있다. 아직 회장의 역할이 무엇인지도 파악하지 못한 채 교장실을 찾게 되었다.

　새로 부임한 지 며칠 되지 않아서 그랬을까? "잘 부탁합니다"라고 말씀하시는 교장 선생님의 모습이 명함에 찍힌 차씨車氏라는 성과 맞물리면서 무척 차갑게 느껴졌다. 잠시 침묵이 흘렀다.

차윤웅 교장 선생님! 이름만큼이나 차갑고 이지적인 모습을 대하면서 앞으로 함께 처리할 과제들을 어떻게 풀어나가야 할지 자못 긴장되는 순간이었다. 어머니 회장은 교장 선생님과 자주 만나 학교 운영에 대해 상의할 일이 많다는 말을 들었던 터라 공연히 걱정이 앞섰다. 그때 나는 당돌하게 선수를 쳤다.

"교장 선생님! 우리 어머니회는 절대로 선생님들을 부담스럽게 하지 않습니다. 우리 모임은 교육환경 개선을 위해 조금이나마 도움을 주고자 하는 자원봉사 단체입니다. 특히 우리 학교의 분교인 현양원에서 부모 없이 외롭게 자라나는 어린이에게 부족하지만, 어머니의 사랑을 전해주고 싶은 자모의 모임입니다."

이렇게 서두를 꺼냈더니 그분은 채 내 말이 끝나기도 전에 꽃동네에서 생활하는 노약자들을 열거例擧하면서 그 꽃동네에도 학교를 세웠다는 것이었다.

그 순간 교장실 분위기는 갑자기 온기가 돌면서 이심전심의 교감이 넘실거렸다. 교장 선생님은 "참으로 좋은 사업을 하십니다"라고 전제한 후 앞으로 학교와 어머니회가 뜻을 모아 어려운 학생들에게 많은 관심과 사랑을 베푸는 일에 앞장서자고 약속을 하고 헤어졌다.

차車 교장 선생님이 우리 학교에 부임한 지 2년이 지난 지금 분교인 현양원은 본교보다 더 좋은 환경이 되어 있다. 그곳 어린이들은 어둡고 그늘진 모습에서 벗어나 이제는 마냥 밝고 명랑한 모습으로 변화되었다.

가끔 교장 선생님을 만날 때면 눈빛만 보아도 서로 뜻이 하나가 된 듯이 선생님을 닮아가는 것 같고, 존경하는 마음이 가슴속으로 파고든다.

인간관계에서는 첫인상이 매우 중요하다고 한다. 대개 첫인상이 고정관념으로 자리 잡기 때문에 온갖 희비가 엇갈리게 되는 것이다. 하지만 나의 고정관념은 이렇게 빗나가고 말았다. 일종의 즐거운 착각이라고 해야 하겠다. 처음에는 무척 어렵게 생각했는데 차츰 마음의 문이 열리면서 유일한 의논 처가 되었으니 말이다.

그 후 어떤 일이 있을 때마다 나는 교장실을 찾았고, 가끔은 자녀교육을 어떻게 하는 것이 바람직한가를 물으면 항상 친절하고 자상하게 일러 주셨다. 마치 아버님처럼…

어느 때는 진지한 말씀을 하다가도 수줍음 잘 타는 소년처럼 천진난만한 웃음으로 분위기를 이끌어 가시곤 했다. 내가 어머니회를 이끌면서 어려워할 때마다 슬기롭게 풀어내는 지혜도 깨우쳐 주셨다. 선생님의 교육철학은 나도 모르는 사이 화선지에 물감이 배어들 듯 내 마음속으로 번져왔다.

무슨 일이든 일단 결정을 하면 확고한 신념으로 실천에 옮기는 그 놀라운 추진력. 그것은 그분을 처음 만났을 때의 그 냉철한 성품에 바탕하고 있다는 것을 뒤늦게 알게 되었다. 그리고 '사람은 생각의 높이만큼만 볼 수 있다'라는 인간의 한계성도 새삼스럽게 터득하게 되었다. 이제는 아이를 훈육하는 어미의 관점에서, 교육의 장場인 학교에서 만난 소중한 인연을 통해 그분의 교육철학을 실천하는 사도使徒가 되어가고 있다.

어머니회장의 임기를 마친 나는 운영위원으로 남아 학교에서 선생님과 가끔 만났었다. 언제나 변함없이 소중한 인연으로 여기고 아름답게 가꾸어 가려는 그의 모습을 대할 때면 절로 머리가 숙어진다.

단체를 이끄는 일이란 많은 어려움이 뒤따르게 마련이어서 대부분 두 번 다시 하지 않으려 한다. 그러나 감사패를 받던 그 날엔 많은 아쉬움이 밀려왔다. 좀 더 열심히, 좀 더 적극적으로 봉사할 수도 있었는데…

올해 말 선생님은 회갑을 맞으신다. 바쁜 일 때문인지 염색을 하지 않은 선생님의 모습은 백발이 성성하다. 그분은 장장 40년을 교직에 몸담아 오면서 모든 어린이에게 공평한 사랑을 베풀고 있다. 특히 어려운 아이들을 보면 사비를 털어서라도 온갖 지원을 아끼지 않는 선생님! 우리 어린이와 자모들에게는 정신적 지주로 영원히 가슴속에 남아 있을 것이다.

오늘따라 하늘이 높고 푸르게 빛나는 것은 선생님의 한 없는 사랑이 높아 보이기 때문일까?

부디 오래오래 건강하시길 마음속으로 기원한다.

역지사지 易地思之의 교훈

　인간은 불완전한 존재이기에 대부분의 사람들은 종교 생활을 하며 각각의 교리에 맞게 자신을 돌아보며 계도한다.

　바쁜 일상에서 종교 생활을 한다는 것은 여간 부지런하지 않고서는 충실하기 힘들다. 자신이 믿는 신에게 향한 마음처럼 인간과 인간 사이에도 믿음이 성립할 수 있을까. 어떤 만남이든 신뢰가 바탕이 되어야 서로 진실을 느낄 수 있다. 나날이 믿음이 희박해지는 세상이다.

　해묵은 서류를 뒤적이다가 상담일지를 발견했다. 두 해 전 내가 상담교사로 봉사할 때의 일이었다. 파릇파릇한 새싹들이 연둣빛으로 물들어 갈 때쯤 설레는 마음으로 상담실을 찾았다. 어떤 아이들이 어떤 문제로 상담을 해 올까. 나는 사뭇 긴장되었다. 잠시 후 집단 상담을 받기 위해 들어오는 학생들의 모습은 솜털도 채 가시지 않은 뽀얀 얼굴이었다. 그러나 간간이 그 얼굴에 그늘이 드리워있는 듯했다.

　'입장 바꿔 생각해 보기'란 주제로 빈 의자를 놓고 각자 그 위에 상상으로 역할을 생각하며 앉아서 내가 만약에 ~라면 나는 어떠했을까. 상대방을 탓하기에 앞서 이해하는 마음을 기르는 귀중한 시간이다. 엄마도 되어보고, 아빠도 되어보고, 때론 개구쟁이 동생도 되어보는 동안 아이들과 나는 많은 생각과 느낌을 주고받게 되었다. 그중 한 아이가 한 말이 기억에 남는다. 내가 아빠라면 더 넓은 세상을 보여주기 위해 노력할 것이고, 엄마라면 감싸기보다는 기둥이 될 것이다. 어리지만 자기가 생각하는 부모상을 표시했다. 눈앞의 이익만 보는 것이 아니라 미래를 생각할 줄 아는 아이들이 있다는 것은 우리의 미래가 무한한 발전을 할 수 있다는 기대감을 던져주었다. 가슴 한 켠이 뿌듯했다.

고민을 털어놓는 아이들의 목소리가 문득문득 내 아이들의 목소리로 착각되기도 했다. 아이들을 위해 상담을 한 것이 아니라 내면적으로 어머니로서의 내 자아가 아이들로부터 상담을 받은 느낌이 들었다. 상담 相談, 문자 그대로 서로 대화를 나누며 역지사지의 입장이 되어보는 것이다.

상담은 상담자의 고민을 들어주는 것만으로도 고민 중 가슴속 응어리가 80%는 풀어진다고 한다. 상담하면서 아이들이 머리보다 뜨거운 가슴에 맺힌 고리들을 풀어내게 하는 것이 진정한 상담이 아닐까 생각했다. 뜨거운 가슴에서 꺼낸 말들이 차가운 이성의 머리로 올바른 판단을 할 때 모든 오해의 소지가 풀릴 것이다.

상담교사로 활동을 하는 동안 나는 계속해서 나에게 자문을 했다. 내가 만약 ~라면, ~였다면, 나는 어떠했을까? 하는 그 시간들을 통하여, 스스로 상대방의 입장을 먼저 생각해 보고 이해하는 마음을 기르는 귀중한 시간이 되었던 것처럼, 나와 상담을 나누었던 아이들도 똑같은 마음이 들었다면 얼마나 보람 있는 일이겠는가.

역지사지易地思之의 진리는 비단 아이들과 어른만의 문제가 아니다. 이 세상을 살아가는 동안 부부간, 고부간, 자녀와 부모 간, 또는 사회 곳곳에서 이 진리가 살아있다면 얼마나 따뜻하고 풍성한 정이 넘쳐흐르는 사회가 될까 상상해본다.

한 집안에서, 한 학교에서, 한 동네에서, 한 나라에서 서로가 서로를 믿을 수 있는 입장 바꾸어 생각해 보는 사회가 된다면 날마다 신문의 사회면은 아름다운 기사로 가득할 것이다.

- 2005년 06월 08일 중부매일 게재

유월의 단상

유월 현충일 아침 10시. 순국선열의 영혼을 기리는 묵념 사이렌이 울린다.

매스컴에서는 순직한 군인 가족들을 찾아 그들의 아픔을 어루만진다. 녹음은 하루하루 짙어 가는데 잠시 오늘의 평화를 위해 이 땅에 뜨거운 피를 흘리며 산화한 영혼들을 생각한다. 어디선가 가곡 '비목'의 애달픈 선율이 흐르는 듯하다.

유월의 짙은 녹음을 대하면 난 언제나 저 풍성한 신록의 원천이 조국을 위해 숨져간 젊은 영혼들의 합창이 아닐까 하는 착각에 젖곤 한다. 스러져간 자리에 저토록 짙푸른 생명력으로 다시 회생할 수 있다면 기꺼이 오늘 생명이 다한다 해도 미련이 없을 것 같다. 보는 사람으로 하여금 생동감을 주고 삶의 의미를 북돋아 줄 수 있는 삶은 아마도 조국을 지키기 위해 산화한 그 영혼들보다 더 고귀한 삶은 없으리라.

현충일이 아니어도 신록을 보면 가끔 나를 돌아보곤 한다. 내가 문학에 입문하여 동아리 활동을 시작한 것이 결혼 후 사회활동으로서의 첫발이 되었다. 한창 부풀었던 문학에 대한 열정은 많은 단체에서 집행부의 역할을 담당하기도 하였고, 학교에서는 학부모회의 봉사에 열정을 쏟기도 했다. 하지만 지금 돌아보면 내 자리에 얼마나 성심을 다했나 하는 의구심이 들 때가 있다. 허상을 좇아 허세를 부리지는 않았는지, 아직도 내게 주어진 자리에 얼마나 충실히 하고 있는지, 욕심을 버리고 봉사의 마음으로 내 자리를 가꾸며 살고 있는지, 어느 날 내 삶이 다했을 때 이름 석 자에 부끄러움은 없겠는지… 오늘도 차 한잔을 앞에 두고 우암산 자락을 바라보며 상념에 젖는다.

평소에 존경하는 분 중에 교직에 오래 몸담으시다가 교육장의 자리를 끝으로 정년 퇴임을 한 분이 계신다. 그분은 주변으로부터 어떤 자리에 출마하라는 권유를 받으셔도 이제는 후진에게 자리를 양보할 때라며 여생을 운동이나 하면서 조용히 살겠노라 하셨다. 아직도 젊음과 건강과 열정이 넘치시는 분인데도 욕심을 버린 탓인지 그분 주위에는 늘 사람이 모인다.

쓸쓸한 권력의 뒷자리보다 편안한 삶으로 인생을 끝맺고 싶다는 그분을 대하면 저절로 그 평화가 내게 전이轉移되어 온다. 또한 어떤 인연으로 누군가를 위해 봉사를 해야 한다면 앞에서 함께 호흡해야 할 자리와 그 인연을 위해 보이지 않는 곳에서 든든한 울타리 역할을 하는 매끄러운 처신은 변치 않는 인연의 맥脈을 영원히 지켜나갈 수 있지 않겠는가.

요즈음 나는 마음이 아프거나 우울할 때면 사람을 만나는 일보다 자연을 찾아 나서는 습관이 있다.

　짙푸른 숲속에서 자연과 함께 어울리다 보면 일상에서 생활하다 얼룩진 복잡한 생각은 비워진다. 그 때문에 나는 유월의 숲을 사랑한다. 짙푸른 유월의 숲길을 찾아 산책하며 제각기 다른 나무들의 모습에 취한다. 그러다 보면 지나친 욕심에 삶의 열정으로 뒤덮인 아집과 교만이 싱그러운 바람 한 줌에 스러져가는 것을 느끼곤 했다.

　각박하게 살아가는 현실 속에서도 잠시 여유를 가지고 유월의 숲에 안겨보면, 어느새 답답한 가슴은 푸르름으로 녹아들고 가슴 한 켠이 시원해질 것이다. 그래서 가슴에 작은 미풍의 흔들림을 느낀다면 시간에 쫓기고, 일에 허덕이고, 사람에 시달리는, 숨이 막힐 듯한 일상의 삶에서 소중한 여유를 느낄 수 있을 것이다.

- 2005년 06월 15일 중부매일 게재

산에 핀 마음

이른 아침 아이들을 학교로 보내놓고 우암산에 오른다.

코끝에 스치는 신록의 향기, 그 사이를 지나는 싱그러운 바람, 가까이에 이처럼 심신을 씻게 해 주는 산이 있다는 것이 그저 고맙다. 오늘은 유난히 발길이 가볍다. 한발 한발 내디디며 정상으로 나를 데려다주는 특별한 신발을 신었기 때문이다.

몇 해 전, 건강을 위해 아침 산행을 시작한 나에게 남편은 빨간 운동화를 사 주었다. 특별히 받은 선물 때문인지 나는 늘 그 운동화를 즐겨 신는다. 발이 편해서이기도 하지만 정성이 들어 있어서 일게다.

아침부터 날씨가 변덕스러운 날, 새벽 비에 젖은 산길은 내 빨간 운동화에 진흙을 묻혔다. 산에서 내려와 운동화를 빨아 널고는 외출을 했다. 그런데 그만 하루종일 그 운동화에 비를 맞히고 말았다. 그 후 빨간 운동화는 바닥 창의 접착제가 떨어져 위태위태했다. 그래도 이상하게 아침이 되면 그 빨간 운동화에 나도 모르게 발을 들이밀곤 했다.

나는 한 가지에만 집중하는 성격도 아니다. 옷도 어제 입은 옷을 또 입기가 싫어 될 수 있으면 다른 것을 꺼내 입는 편인데 그 운동화엔 이상한 신비로움 같은 게 있었다. 그렇게 바닥이 떨어진 채로 빨간 운동화를 애용하던 며칠 후 우암산 중간쯤 올랐을 때였다. 자꾸 발에서 너덜거림을 느꼈다. 바닥 창이 금방이라도 떨어질 것처럼 불안했지만 조심해서 정상에 오를 수 있었다.

운동기구를 설치해 놓은 곳에 이르자 어르신들이 가벼운 운동을 하고 계셨다. 그분들은 언제나 나를 반긴다. 특별히 나를 의식해서가 아니라 산에서 만나는 사람은 무조건 친밀감이 드는 인사치레지만 늘 나는 함박웃음으로 그분들에게 답례를 한다. 간이의자에 앉자마자 운동화를 벗어 바닥을 살폈다.

그런 나를 보고 할아버지들이 가까이 다가와 "어디 어디에 가면 접착제를 판다" 하시며 붙이면 감쪽같겠다고 알려주었다. 산에서 내려와 접착제를 살 생각이었지만 바쁜 일상에 쫓겨 그만두었다. 다음 날 아침 나도 모르게 또 그 운동화를 신은 채 산 올랐다. 그날도 아슬아슬했지만 잘 버텨주었다. 정상에 오르니 나보다도 어른들이 더 혀를 찼다.

그 이튿날이었다. 나는 무슨 마술에 걸린 것처럼 무심코 또 그 운동화를 신고 우암산 정상에 도착해서야 오늘 이후로는 신지 말아야겠다는 생각이 들었다. 그런데 그날은 어르신들이 내가 산에 오길 기다린 듯한 눈빛이다. 한눈에 그 눈빛의 의미가 느껴졌다.

한 분은 접착제를, 한 분은 나뭇가지를, 한 분은 신문지를 들고 나를 보자마자 운동화를 벗으란다. 나는 맨발로 의자에 앉아서 그분들의 분입을 지켜보았다. 장갑을 끼고 접착제를 붙이고, 한 분은 나뭇가지로 신발창을 꼭꼭 누르시며 다 굳을 때까지 기다리란다.

그 일을 하는 동안 어른들의 얼굴이 얼마나 밝은 모습들인지. 누군가에게 무엇인가를 해 줄 수 있다는 기쁨이 마음 가득 환한 꽃으로 피어났다. 나도 덩달아 나로 인해 수고를 끼쳤다는 마음보다는 따뜻한 마음을 받은 커다란 포만감이 가슴 가득 넘쳐났다. 그날 이후로 나는 다른 운동화를 신고 등산을 갈 수가 없었다. 내딛는 발길마다 그분들로부터 전이되는 따뜻한 마음 꽃을 어느 시구詩句처럼 사뿐히 즈려 밟기 위해서다.

- 2005년 06월 29일 중부매일 게재

뜨락을 가꾸는 남자

나의 신혼은 뜨락이 있는 집에서 시작되었다. 그해 사월 뜨락에 감나무 한 그루를 심었다.

버거운 신혼 생활에 나는 곧잘 내 고달픔이나 외로움을 그 감나무에 하소연하며 내 마음의 나무로 끌어안고 살기 시작했다.

웃음이 많은 나는 정도 많아서 타인에게서 오는 섭섭함도 쉽게 상처가 되었다.

섭섭하다는 것은 내가 보낸 사랑만큼 되돌아오지 않을 때 드는 감정이다. 한가정에 새 식구로 들어가 여러 사람과 어울려 살아야 하는 것에 잘 맞는 톱니처럼 맞물리기엔 많은 시간이 필요했던 것일까.

감나무가 있는 뜨락을 떠나 아파트로 분가한 지 5년이란 세월이 흘렀다. 아파트 생활에 길들수록 문득 뜨락이 있는 옛집의 감나무가 보고 싶었다.

그리움이 싹이 트자 마음 한구석에서는 감나무의 손짓이 새 삶을 함께 시작한 나를 부르는 것만 같아서 이른 봄, 텅 빈 주택의 감나무 곁으로 이사를 왔다. 아직 잎을 피우지 않은 감나무와 황량한 뜨락에 내려서니 가슴이 시렸다. 아침이 되어도 창문을 꼭꼭 닫아놓고 을씨년스러운 창밖을 바라보지 않으려 했다.

그러나 계절은 어김없이 감나무에 새잎을 피우고 썰렁했던 뜨락을 채우기 시작했다. 남편은 아침이 되면 어느새 일어나 뜨락을 꾸미기 시작한다.

자갈돌을 골라내고 푸른 잔디를 깔아주고 영산홍映山紅을 심었다. 매섭던 바람이 포근해지자 어느새 나도 새싹들의 합창에 귀를 기울인다.

신혼살림을 시작 한지 열두 해 만에 감나무가 있는 뜨락을 떠나 다시 다섯 해 만에 돌아온 나의 보금자리.

지나고 나면 별일도 아닌 것을 그때는 왜 그리 절박했었는지 삶의 연륜은 날카로운 톱니바퀴들을 둥글둥글 다듬어 사소한 말다툼도 미소로 되돌아볼 수 있는 것은 어느덧 부부의 사랑에 훈김을 돌게 한다.

내가 없는 동안 감나무는 무성한 가지와 잎새로 하늘을 가리고 그늘을 만들어 한참 탐스러운 감꽃을 피우려고 한다. 나는 이 뜨락을 떠나 무엇을 했을까 문득 되돌아본다.

아내의 자리보다는 어머니로서의 자리에 충실해지려 노력했다. 틈틈이 내 꿈의 씨앗 문학도 가꾸었지만 늘 갈증을 느끼는 것은 아직도 가야 할 길이 멀었음이리라. 아이들은 어느새 중·고등학교에 들어가 하루하루 세상을 향하여 가지를 뻗고 있다. 이제는 돌아온 나의 뜨락에서 그동안 소홀했던 아내의 자리를 넓히리라 다짐한다.

오늘도 뜨락을 가꾸는 한 남자는 담벼락에 황토를 바르고 그동안 모아두었던 시화 작품을 걸어 놓는다.

그 남자의 꿈이 이 뜰 안에 있는 매실나무로, 앵두나무로, 포동포동한 청포도 송이로 날마다 알알이 익어가고 있다. 어제는 나와 한잔의 차를 나누고 싶어 파라솔을 설치해 놓고 앵무새 두 마리를 사다 놓았다. 두 마리의 앵무새는 아들들이고 우리 부부를 위해서는 원앙을 사온단다.

회오리바람 끝에 다시 깃드는 고요한 행복, 늘 내게 무엇을 해 줄까 찾아 나서는 한 남자의 노력이 이처럼 아름다운 뜨락으로 풍성해진 오월, 올해의 오월은 내게 진정한 가정의 달임을 실감한다.

- 중부매일 연재의 창 게재

장마 덕에 후궁이 된 수빈 박씨

연일 비가 내린다. 미처 대비를 못 해 큰 피해가 여기저기에서 일어났다며 뉴스 시간마다 한숨 소리가 높아진다. 농사를 짓는 사람들은 난데없이 우박이 내려 애써 가꾼 농작물이 심각한 곰보가 되는가 하면, 빗길을 달리다 불시에 사고를 당한 사람들, 난데없는 돌풍에 지붕이 날아간 채 앙상한 서까래만 바라보며 망연자실한 사람들도 있다. 그러나 세상은 희비가 엇갈리는 사건도 있기 마련이다.

정조는 효의 왕후가 자녀를 생산하지 못하고 뒤이어 선빈 성씨가 낳은 문효 세자도 어린 나이에 세상을 뜨자 후사가 없었다. 정조의 아버지 사도세자를 적극적으로 변호해준 정조의 고모부 박명원은 이런 정조에게 후궁을 들일 것을 간청했지만 정조는 "내가 아직 건강한데 무엇이 그리 급하냐"며 느긋했다.

박명원은 사사로운 고모부의 입장에서 더는 미룰 일이 아니라며 며칠 동안 정조에게 아뢰었다. 정조는 마지못해 박명원에게 말했다.

"그럼 좋은 규수를 찾아 주십시오. 신료들이 아무도 반대하지 않을 그런 사람으로 말이오.” 그러자 박명원은 “전하 실은 소신의 질녀 중에 재색을 두루 갖춘 규수가 한 명 있사옵니다.”라고 간하였다. 그리고 박명원은 그날로 사촌의 집으로 부리나케 달려갔다. 그러나 기뻐 날뛸 줄 알았던 사촌은 “형님 그 무슨 말씀이오? 대궐의 후궁 자리는 왕자를 생산하지 못하면 그걸로 끝인데다 설령 왕자를 생산한다 해도 시기와 암투가 끊이지 않는 호랑이 굴인데 내 어찌 귀한 딸을 그런 곳에 보낸단 말이오?”라며 한마디로 거절했다.

명원은 집으로 돌아와 문을 닫고 누워버렸다. 정조대왕에게 말을 꺼내놓긴 했는데 규수가 없으니 보통 낭패가 아니었다. 여름 장마는 하늘이 구멍이 난 듯 비를 쏟아부었다. 그때 박명원의 먼 친척이 되는 박 생원이 찾아왔다. 생원은 여주에서 농사를 지으며 서생 노릇을 하고 있는 사람이었다.

“아니 웬일이시오?” 박명원이 묻자 서생은 “대감, 실은 이번 장마에 전답은 물론 집까지 떠내려가 당장 오갈 데가 없어서 무작정 오긴 했는데 헛간이라도 좋으니 장마 끝날 때까지라도 거처하면 안 되겠습니까. 다른 인척은 몰라도 대감께서는 우리를 무정하게 내치지 않을 것 같아서…”라며 말을 흐렸다. 박 생원의 눈에 눈물이 내비쳤다. 그 이야기를 듣고 박명원은 “그럼. 식솔들은 어디에 있습니까?”라고 물었다. 서생은 “우선 남문 근처에서 기다리라고 했는데 다 큰 딸자식을 길가에 두고 와서 여간 불안하지 않습니다.”라며 좌불안석이었다.

박명원은 귀가 번쩍 뜨였다. “딸이라고요. 딸아이가 올해 몇 살입니까” 하고 되묻자, 서생은 “민망합니다. 열아홉이나 되었는데 정황이 없어 아직 혼처도 정하지 못했습니다.”라며 고개를 숙였다.

박녕원은 방설일 시간이 없었다. 가마를 보내 식솔들을 어서 데려오도록 하인들을 재촉했다. 박 생원의 딸을 본 박명원은 기뻐서 놀라 자빠질 뻔했다. 어느 양갓집 규수에게도 뒤지지 않을 미모와 품격이 풍겨 나왔다. 다음날 빗속을 뚫고 박명원은 입궐하여 정조를 알현하였다.

“전하 마침 규수의 집에서 승낙을 받았사옵니다.”라며 기쁜 목소리로 알렸다.

그리고 정조는 박명원이 중매를 선 박생원朴生員의 딸을 흔쾌히 후궁으로 맞아들였다.

장마통에 재산을 몽땅 잃은 박생원은 하루아침에 후궁의 아버지가 되었고, 딸은 정조의 셋째 부인이 되어 그녀가 낳은 왕자는 정조의 뒤를 이어 왕위에 오른 조선의 제23대 왕인 순조대왕이다.

- 2005년 07월 06일 중부매일 게재

자원 절약의 지혜

올해 장마도 끝나고 이제부터 무더위가 찾아온다고 한다.

그동안 눅눅했던 집안 곳곳에 환기를 시키며 햇빛의 고마움을 새삼 느낀다. 장마철 주부의 걱정은 뭐니 뭐니 해도 빨래 말리기다. 세탁기가 있어 손을 덜어주고 탈수도 해 주지만 햇빛에 바짝 마른빨래를 개는 기분은 참으로 상쾌하다.

우리는 살아가면서 무상으로 주어지는 것에 대해 무심한 편이다. 저녁 뉴스를 보니 우리나라도 물 부족 국가여서 장마철에 내린 물을 그냥 버리지 말고 저장해서 활용하는 방안을 검토 중이란다.

미래 사회는 새로운 에너지의 개발과 이용이 국가경쟁력을 좌우한다. 화석에너지의 고갈은 앞으로 다가올 세대에게 무엇을 넘겨줘야 할지를 고민하게 만들고 자원을 절약해서라도 후손들에게 원망받지 않아야 하는데 우리 국민 대부분은 에너지 낭비에 대해 심각성을 느끼지 못하는 것 같다.

버스를 타거나 극장에 가거나 어느 실내에 들어가면 반소매의 여름

옷 차림으로는 도저히 추워서 견디기 힘든 곳들이 많다. 긴 머플러나 얇은 숄이라도 비상용으로 핸드백 안에 넣고 다녀야 할 만큼 냉방을 심하게 한 곳에서는 너무 추워서 그것들을 몸에 둘러야 할 때도 있다.

석유 한 방울 나지 않는 나라에서 있을 수 있는 일인가. 어느 때는 당장이라도 항의하고 싶을 때도 있다. 석유의 매장량은 앞으로 고작 40년 후면 바닥이 난다고 한다. 석유가 없는 세상을 생각해 볼 수 있는가. 당장 자동차가 움직일 수가 없겠고, 겨울 난방은 어찌할 것이며, 난감한 일들이 한둘이 아니다. 그런데도 우리는 에너지 절약에 대해 너도나도 무관심하다. 어디 석유뿐인가. 천연가스가 앞으로 60년, 원자력 발전의 핵심 원료인 우라늄이 45년, 그나마 석탄의 매장량은 앞으로 120년쯤 사용할 양이라고 한다.

현재 채취하고 있는 어느 유정油井에서는 더 이상 나올 원유가 없어 고여 있는 마지막 원유를 퍼 올리기 위해 유정에 물을 붓는다는 보도도 있었다. 기름은 물보다 가벼워서 유정에 물을 부으면 기름은 위로 뜨고 위로 올라온 기름마저 다 퍼 올리면 그 유정의 생명은 끝나는 것이다.

물론 대체에너지 개발을 위해 주야로 연구에 매진하는 분들이 계시겠지만 일반 보통 사람들이 해야 할 일은 뭐니 뭐니 해도 절약이 아닐까 싶다.

장마철 햇빛의 소중함을 생각하다 보니 내가 어느새 자원 절약의 사명을 띤 주부 홍보대사 같은 생각이 든다. 하지만 자원을 아끼는 일에 남녀노소가 따로 있겠는가. 이제 앞으로 찾아올 무더위 속에서 내 것이 아니라고 공공기관이나 직장에서 추워서 긴 소매 옷을 입지 않고는 배겨날 수 없을 정도로 낭비하는 일은 정말 없었으면 좋겠다.

앞으로 40년 후면 우리 아들딸들이 살아가야 할 시대가 아닌가. 그들이 우리를 원망하지 않도록 모두 에너지 낭비와 자원 절약에 대해서 각성할 일인 것이다.

- 2005년 07월 13일 중부매일 게재

제사 풍속도

지난 수요일은 친정아버님 기일이었다.

서울에 살고 있는 막내 오빠와 청주에 있는 둘째 오빠와 오랜만에 3남매가 모여 보은에 있는 큰 오빠 집으로 향했다. 바쁜 일상에 쫓기다 보면 친지들의 생일이나 기념일을 잊고 살 때가 종종 있지만 유일하게도 친정아버님 제삿날만은 출가외인이 되었어도 잊지 않고 챙기게 되는 것 같다.

미원에서 보은으로 가다 보면 창리 큰길 가에 아버지 산소가 있다. 그 옆을 지날 때면 잠시라도 시선이 머문다. 아버지가 그곳 어디쯤 나를 지켜보고 계실 것만 같아서일까. 아버지는 내 정신적인 지주였다. 그것은 지금도 마찬가지다. 슬픈 일이나 기쁜 일이나 늘 아버지가 함께 하고 있다는 믿음이 내 내면에 존재하기 때문이다.

아버지 제삿날이 되면 늘 큰오빠의 의식에 따라 제사가 진행된다. 항상 자정이 거의 되기 전에, 예전엔 첫닭이 울기 전에 지내야 한다고 했다. 그러나 세월이 흐르고 세태도 바뀌니 형식도 바뀔 수밖에 없나 보다. 기독교 집안으로 출가한 나로서는 모든 의식이 다르지만, 출가외인이라는 명명 아래 친정에서 지내는 의식도 낯설지 않다.

이번에는 큰오빠가 서울에서 직장을 다니는 막내 오빠의 처지를 고려하여 밤 9시쯤으로 제사 시간을 앞당겼으면 어떠냐는 의견을 냈다. 모두 흔쾌히 큰 오빠의 뜻을 따랐다. 막내 오빠가 제일 반겼다. 그도 그럴 것이 자정이 다 되어 제사를 지내고 나면 서울에 올라가기가 무섭게 눈 한번 못 붙이고 그대로 출근해야 하니 고충이 이만저만이 아니다.

그런데 친정어머님의 심기가 편치 않으신 것 같은 표정이다. 제사상을 물리고 지방을 불사르려 하자 "얘야, 12시가 될 때까지 지방이랑 탕국, 그리고 제삿밥을 그냥 두었으면 싶구나." 하셨다. 아들들은 금방 어머니의 심중을 헤아렸다. 혹여라도 지난해에 맞춰 늦게 오실 아버님의 혼령을 생각하셨음이리라. 작년 이맘때려니 하고 아버지 혼령이 오셨는데 이번에는 흔적도 없이 치워버려 일찍 지내버린 자손들 때문에 제삿밥도 못 드시고 그냥 가시면 어쩌나 하는 지극한 아내의 염려라는 것을⋯

어머니는 이례적으로 아버지의 제상祭床에 절을 올렸다. 그러면서 자식들의 앞날을 축원하신다. 나는 어머님의 뒷모습을 지켜보면서 예전보다 많이 약해지셨음을 느꼈다. 가슴 한켠에서 싸한 바람이 일었다. 얼마 전 다리에 인공관절 수술을 받으신 후로는 아무래도 몸이 자유롭지 못하시다. 제사를 다 끝내고 자식들을 배웅하는 어머니의 얼굴에 지금 어디쯤 오고 계실 아버지를 기다리는 표정이 숨어 있는 것 같았다.

현대인들의 제사 풍속도의 다양함은 어제오늘 일이 아니다. 심지어는 휴가 중에 차례를 모시는 가정도 있다고 한다. 더구나 전화 한 통이면 잘 차려진 차례상이 콘도에 배달되는 세상이라니 제사에 밥 한 그릇 얻어먹는 조상의 혼령들도 어디로 호출을 당할지 모르는 세상이다.

어느 집은 자손들이 편리하게 기일도 휴일로 변경한다니 죽은 사람이 다시 살아났다가 자손들이 편리한 날짜에 다시 죽어야 하지 않을까 싶다. 혹여 아버지가 우리가 모두 가버린 뒤에 오셔서 홀로 계신 어머니만 보신다면 어쩌나 하는 불안감이 청주로 돌아오는 내내 가슴이 무거웠다.

- 2005년 07월 20일 중부매일 게재

4부
마음 밭을 가꾸며

내 마음속 마음 밭은 나 스스로 가꾸어야 한다.

이 뜨락의 잔디처럼 푸르게,

그리고 포근하게 스스로 가꾸어야 할 곳.

또 그렇게 가꾸고 싶은 나의 마음 밭.

매미가 우는 사연

장마가 끝나고 연일 불볕더위가 계속된다.

가로수나 공원의 나무마다 기다렸다는 듯 매미의 울음이 자지러진다. 신록과 함께 여름의 합창이 어우러지는 것이다. 시원스레 울어대는 매미 소리를 들으면 계곡의 물소리처럼 느껴져 잠시나마 더위를 잊게도 한다. 매미 소리를 가만히 들어보면 빛과 밀접한 관련이 있음을 알게 된다. 소나기가 쏟아지거나 구름이 햇빛을 가리면 신기하게도 매미는 울음을 그친다. 그러다 햇빛이 반짝이면 일제히 폭포수가 쏟아지듯 울음을 토해낸다.

그뿐인가. 가로등이나 자동차 불빛에도 울음을 울다가 빛이 스러지면 일제히 울음을 그친다. 아파트가 많은 동네에서는 불이 켜진 창문에 날아와 한낮인양 울어대서 잠을 설치는 일도 있다고 한다.

매미는 왜 우는가. 땅속에서 애벌레로 5~7년을 살다가 지상으로 나왔다는 기쁨 때문일까. 굳이 매미의 일생에 대해 의미를 부여한다면 그럴 듯도 하다. 매미가 지상에 사는 기간은 고작 보름 정도란다. 그 보름

을 살기 위해 땅속에서 애벌레로 그토록 오랜 세월을 수액만으로 버텨
낸 것이다. 얼마나 빛이 그리웠으랴? 밝은 세상에 나왔으니 빛을 받으
면 얼마나 황홀한 일이겠는가. 하지만 생리적으로 알고 보면 단순한 생
식본능이다. 매미는 수컷만 운다. 우는 행위는 암컷을 부르는 신호이
다. 암컷을 불러 종족을 늘려야 하는 절체절명의 사명. 그게 바로 수컷
의 울음이다. 암컷은 최고의 울음을 우는 수컷을 택할 것이고, 수컷은
택함을 받기 위해 최고의 울음을 울어야 하는 것이다.

이 사실을 알고 나서 매미 울음소리를 들으면 숙연해지기까지 한다.
사람의 일생과 무엇이 다르겠는가. 한 생을 살아내는 짧고 긴 시간의
의미를 간과하더라도 이 세상에 왔다 간 흔적을 남기는 일은 자신을 닮
은 후손들을 남기는 일이 가장 확실한 종족 보존의 역할일 것이다. 우
리나라는 불과 반세기 전만 해도 가족 계획을 홍보하며 산아제한産兒制
限을 했었는데, 이제는 세계에서 가장 심각한 인구감소 국가가 되어 오
히려 자녀 출산을 적극적으로 장려해야 하는 정책을 어떻게 세울 것인
가를 고민하고 있다.

아이를 갖지 않는 부부에게 물으면 "아이에게 희생할 시간에 자신들
의 삶을 알차게 살겠다"고 한다. 그러나 진정 인간으로 태어나서 하
늘 아래 부모를 둔 자식 된 도리로 아이를 낳고 키우는 일이 인간에게
희생이란 짐만을 주는 행위인가를 매미 소리를 들으며 자문해보고 싶
다. 어머니가 되고 아버지가 되는 일은 어쩌면 가장 인간다운 삶의 모
습이 아닐까 한다. 어머니가 되어서야 나를 낳아준 어머니의 고마움을

알게 되고, 아버지가 되어서야 비로소 아버지의 무게를 느끼게 되는 것이다.

농촌에서는 아이의 울음소리가 들리지 않는 마을이 점점 늘어난다고 한다. 폐교가 자꾸 늘어나고 천진난만한 아이들의 웃음소리와 울음소리가 사라진 마을이 진정 사람이 사는 냄새가 날 것인가. 여름방학이면 매미들이 폭포수처럼 울어대는 들로 산으로 매미채를 들고 나서는 아이들의 웃음소리가 퍼져야 한다. 그런 세상이 살아 움직이는 세상이다.

매미가 절절하게 울 듯 인간도 절절하게 새 생명을 잉태하기 위한 노래를 불러야 하지 않을까.

- 2005년 07월 27일 중부매일 게재

방곡 예술제를 다녀와서

　지난 주말 충북 단양군 방곡리 도예촌에서 장작가마 예술제가 열렸다. 올해의 주제는 '흙 불 자연을 닮은 사람들의 만남'이란다. 방곡리는 충북의 명소인 사인암을 비롯하여 소백산에서 발원하는 맑은 물이 천연림과 기암괴석 사이를 흘러 내려와 선암계곡을 만든 곳이다. 그뿐인가. 단양팔경의 삼경인 상선암, 중선암, 하선암이 자리하고 있어 절경을 이루고 있다. 역사적으로 보면 방곡리는 17세기부터 백자와 분청사기를 생산하였고, 서민들이 사용하는 도자기의 집산지로 밝혀졌다. 최근 발굴조사에 따르면 12개의 가마터가 발견되었다고 한다.

　도자기에 조예가 깊은 지인과 방곡리를 찾았다. 여러 장인匠人의 손끝에서 빚어진 독특한 빛깔과 문양의 도자기 및 다완들이 찾는 사람들의 눈을 즐겁게 했다. 장인의 손끝에서 빚어진 흙이 1,300°C의 고열 속에 아름다운 곡선의 도자기로 환생하는 것을 보노라니 새삼 선조들의 숨결이 느껴지는 듯하다.

　이곳 방곡리의 도요陶窯들은 우리 고유의 장작가마 방식을 고수하고 있다고 한다. 시대의 변천에 따라 편리성을 쫓다 보니 요즈음엔 대부분 가스gas로 가마의 열을 올리는데 이곳에서는 옛날 전통 방식으로 장작을 땐다 해서 '장작가마'라고 한다. 장작가마는 온도가 일정치 않기 때문에 불길을 세게 받은 부분은 양으로, 불길을 약하게 받은 부분은 음으로 하나의 도자기에서 음과 양의 조화를 이룬다고 한다. 우리 선조들은 이렇게 하나의 도자기에서조차 음양오행의 기운을 일상생활에서 사용하는 그릇에 이르기까지 느꼈다는 얘기가 되는 것이다.

예술제 행사에 다도茶道도 포함되어 나도 참여해 보았다. 특히 다완을 특별하게 생산해내는 현운요에 가게 되었는데, 그곳에는 다른 곳에서 볼 수 없는 나뭇결무늬의 도기들을 볼 수 있었다. 도자기 표면에 새겨진 나뭇결무늬는 흙과 나무의 조화를 한결 깊게 느낄 수 있었다. 우리나라의 도자기 기술은 당대에 상당히 높은 수준이어서 일본사람들은 임진왜란 때 많은 도공을 데려가 그 기술을 전수 받았음은 이미 우리가 다 아는 사실이다. 그 때문에 일본에서도 우리 고유의 이름 그대로 도자기를 굽는 가마를 우리말 그대로 '가마'라고 하고 있다.

다도 시연에서는 녹차와 말차 그리고 연차를 선보였는데 요즘 들어 연차의 효용성이 높아졌다고 한다. 연꽃은 환생의 상징이다. 진흙에 뿌리를 두고 가장 깨끗하고 순결한 꽃을 피워 올리는 연꽃으로 차를 우려 마시니, 마치 신선이 된 듯 황홀한 느낌이다.

실제로 연꽃은 오염된 수질도 정화시킨다고 하니 연차는 환경공해로 인해 날로 황폐해지고 자연에서 각종 환경호르몬으로 인체를 위협

하고 있는 이즈음, 우리 땅의 흙으로 전통 장작가마에서 구워낸 다기와
어우러져 많은 사람들의 심신을 정화시켜 주는 것 같았다.

　전통을 지켜나간다는 일이 편리를 선호하는 요즈음 많은 고충이 따
르겠지만 이런 분들 덕에 우리 범인들은 그나마 이런 값진 체험을 할
수 있으니 모두 감사한 일이다. 이날 동행한 지인으로부터 활력이 넘치
는 다기를 선물로 받았다.
　이제 가끔은 한유로운 마음으로 다도를 즐겨 보리라.

- 2005년 08월 03일 중부매일 게재

세월

10대는 기어가는 듯하고, 20대는 걸어가는 듯하고, 30대는 뛰어가는 듯하고, 40대는 수레를 탄듯하고, 50대는 말을 탄듯하고, 60대는 나는 듯하고, 70대는 바람처럼 스쳐 가는 듯하고, 80대는 번개처럼 지나간다. 어느 시인이 세월의 빠르기를 비유한 것이다.

참으로 적절하다. 불혹을 넘으니 하루하루가 초조해지기 시작한다. 이처럼 빨리 가는 세월 앞에 시간을 버는 방법은 없는가. 세상 만물에게 가장 공평하게 주어지는 게 시간이란다. 똑같이 더도 덜도 없이 차별하지 않고 주어진 공평한 시간을 어떻게 사용하느냐에 따라 인류의 발자취는 천차만별로 나눠진다.

'일찍 일어나는 새가 먹이를 먼저 먹는다'라는 말은 사람에게도 똑같이 적용되리라. 부지런한 사람에게는 시간이 넉넉할 것이요. 게으른 사람은 언제나 시간에 쫓기게 마련이다.

며칠 전 신문을 보니 2005년 인류는 시간을 덤으로 받는단다. 인용하면 다음과 같다. "올해 12월 31일 23시 59분과 내년 1월 1일 0시 0분 사이는 1초가 길어져 61초가 된다. 윤초다. 지구 표준 원자시계를 지구의 자전 속도와 맞추는 물리적 교정으로 1972년 윤초가 시작된 후 23번째다. 하루 24시간은 지구의 자전 속도다. 그러나 최근 20~30년 새 자전 속도가 거의 매년 1초씩 늦어지면서 시간 조절이 불가피해졌다. 강한 바람과 해류의 영향이라고 한다."

　　현대인들은 초秒를 다투는 세상에 살고 있다. 신문 기사에서는 여러 가지 초를 다투는 일들을 열거하고 있다. 각종 스포츠에서는 몇 분으로 나눈 초를 가지고 우열을 가리고 최첨단 장비들도 수 개로 쪼갠 초에 생명이 왔다 갔다 하는 것이다.

　　그렇기에 '시간은 금이다.'란 격언이 시대의 흐름에 따라 '시간은 돈이다.'로 바뀌었고, 현재는 '시간은 생명이다.'라고 말한다. 현대사회뿐만 아니라 농경사회에서도 부지런함은 시간을 지배하는 행위와 통한다. 시간의 노예가 되어서는 안 된다. 시간을 미리 쪼개서 1초秒라도 헛되이 보내지 않을 때 우리가 시간을 부리는 것이 될 것이다.

　　그러나 빨리 빨리로 치닫는 현대사회의 맹점을 비판하며 느림의 미학을 추구하기도 한다.

　　어느 것이든 시간은 인간이 만든 것이기 때문에 시간을 지배할 자도 또 인간이어야 하지 않겠는가. 갈수록 바쁜 일상에 허덕이다 보니 문득 시간을 지배하고픈 욕심이 생긴다. 올해는 제야의 종이 울림과 동시에 더 주어지는 1초를 어찌 쓸 것인가 숙고해 봐야겠다.

- 2005년 06월 01일 중부매일 게재

마음 밭을 가꾸며

나도 올여름은 이런저런 일로 눈코 뜰 새 없이 바쁘게 보냈다.

일찍 찾아온 장마가 금세 끝나고 무더위 속에 폭우가 자주 내렸다. 모처럼 짬을 내어 이사하면서 새로 꾸민 뜨락에 눈길을 보냈다. 잔디 사이로 잡풀들이 삐죽삐죽 나와 있다. 까까머리 학동의 머리가 아무렇게나 자란 것 같다.

"언제 잡초가 저렇게 자랐을까."

마침 이른 아침이라 햇볕을 피해 잔디밭에 쪼그리고 앉아 잡풀을 뽑기 시작했다. 비가 온 다음 날이라 땅이 촉촉하다. 풀씨는 어디서 날라와서 이곳에 뿌리를 내렸을까. 잘못 자리를 잡은 잡풀은 쑥쑥 자란다. 자기의 설 땅을 잘못 찾은 것을 풀씨가 아는지도 모른다. 그래서 얼른 빨리 자라서 남의 자리에 씨를 퍼뜨려야 하는 운명을 지닌 지도 모른다.

그러나 자연의 본분인 번식을 못 하고 내 손에 뽑히는 잡풀에게 조금은 미안하다. 하지만 여긴 잡풀이 번식할 곳이 아니다. 잔디를 위해서 어쩔 수 없이 뽑혀야 하는 운명인 것이다. 면장갑을 꼈더니 금세 풀

물이 든다. 내 손끝에서 뽑히는 잡풀들을 보며 잔디를 위해 아주 적절한 시기임을 실감한다. 잡초는 아직 열매를 맺기 전이라 쉽게 뽑힌다. 그러나 적절한 시기가 지나면 주변에 상처를 낸다. 하지만 아직 완전히 자라지 않아 잔디 뿌리에게 해를 입힐 염려가 없다.

누군가 내 마음 밭에도 알맞은 시기에 쓸데없이 자라 근심을 만드는 상념을 뽑아주면 좋겠다. 하지만 내 마음속 마음 밭은 나 스스로 가꾸어야 한다. 이 뜨락의 잔디처럼 푸르게, 그리고 포근하게 스스로 가꾸어야 할 곳. 또 그렇게 가꾸고 싶은 나의 마음 밭.

요즈음 이 지면에 싣는 글을 쓰면서 마음 밭을 가꾸어왔다. 작은 단편의 생각들을 모아 글을 쓴다는 것은 어쩌면 마음 밭에 몰래몰래 고개를 처드는 쓸데없는 상념을 솎아내는 일인지도 모른다. 나를 들여다보고, 내 생각들을 천착하고, 나의 마음 밭을 가꾸는 일, 바로 내게는 글을 쓰는 일이다.

글을 통하여 독자를 만나려면 언제나 나를 돌아보아야 한다. 때로는 나의 작은 뜨락에 잡초를 뽑으며 푸르게 잔디를 가꾸듯 내 마음도 잡초가 자라지 않도록 늘 아름다운 생각을 키우며 마음을 단속해야 할 것이리라.

특히 수필은 나를 드러내는 글이기 때문에 더하다. 글을 쓰는 일은 내 마음 밭을 가꾸는 호미가 되기도 하며, 끝없이 자양분을 주어야 하는 거름이 되기도 한다.

일주일에 한 번 내 작은 뜨락의 상념들을 풀어낼 수 있는 지면을 할

애해 준 중부매일에 감사한다. 그리고 4개월 동안 연재해온 부끄러운 글을 아름답게 보아주시고 격려의 전화를 주신 나를 아는 독자들에게도 고마움을 전한다. 더불어 나의 마음 밭에 뿌려진 관심과 사랑이 거름을 소중하게 간직하리라.

- 2005년 08월 17일 중부매일 게재

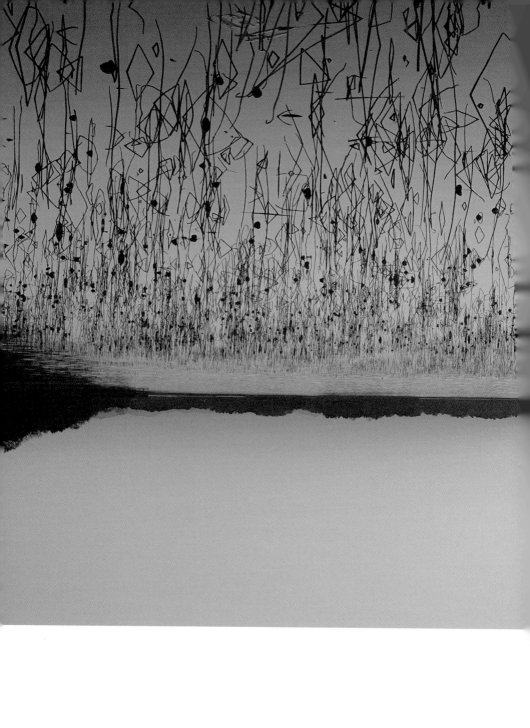

중원문화의 의미

　청주는 우리나라 중심부에 위치해 남한강의 중상류와 금강의 상류에 자리 잡고 있다. 그래서 이 지역에서 꽃피운 문화를 '중원문화'라고도 일컫는다. 중원中原이란 '넓은들 가운데'라는 의미와 '나라의 중심', '천하의 중심'이라는 의미가 포함되어 있기 때문에 청주는 긍지를 가진 역사의 고장이며 문화 시민이 사는 역사적으로도 입증된 도시이다.

　중원문화에서 중심 고을을 의미하는 뚜렷한 증거가 바로 국보 제6호인 중원 탑평리 7층 석탑이다. 중앙탑이라고도 부르는 이 탑은 오래전 통일신라 시대(9세기 중엽)에 세운 것이다.

　고구려가 중원지방을 장악한 시기는 장수왕 때인 475~491년경으로서 이곳을 국원성이라 칭했다. '나라의 근원이 되는 땅 '나라의 처음 본디가 되는 땅'의 의미로 고구려는 이 국원성을 남방진출의 전진기지로 삼고 이를 기념하고 상징하는 비를 세웠는데 그 비가 바로 국보 제205호인 '중원고구려비'이다. 그러나 역사는 돌고 돌기에 신라가 다시 중원을 확보한 후, 경주 다음의 도시로 대접하여 국원소경, 중원소경이라는 이름으로 불렸다.

중원은 남북의 요충으로서 고구려, 백제, 신라가 서로 차지하려고 각축을 벌인 곳이며, 예로부터 양질의 철이 생산된 우리나라 3대 철산지 중의 한 곳이었다. 이렇듯이 정치, 경제적으로 중요한 고상이라는 이유로 삼국의 각축장이 되었고, 지금도 많은 유적지를 가지고 있다.

청주는 근대로부터 교육의 도시로 자리매김했으며 물 맑고 깨끗한 인심의 고장으로 인식된 자랑스러운 고장이다. 그런데 우리 도민 모두가 긍지를 갖고 있는 청주에 이웃한 청원 땅에 지난 정권의 흔적인 청남대가 들어섰다. 정부가 바뀌고 일반에게 공개된 청남대가 무질서의 장이 되었다는 보도를 접했다.

물론 우리 고장 사람들이 아니길 빈다. 하지만 외지인들이 와서 추태를 부렸다고 해서 자긍심을 갖는 중원의 문화 시민이라면 남 탓이라고 핑계를 댈 처지는 못 된다. 입장료를 받으면 그에 걸맞은 관리를 해야하고, 의식이 부족한 사람들에게는 계도를 해서라도 성숙한 국민의 의식을 키워나가야 한다.

온 산야가 푸르고 싱그러운 계절 오월이다. 아름다운 꽃들이 축제 한마당을 열기 위해 웅성 거리는 모습이 흥겹다. 바쁜 일상에 지친 삶을 살아내는 많은 사람들에게 언제나 아낌없이 베풀어주는 이 고장 오월의 숲을 우리는 늘 푸르고 싱그럽게 지켜주는 중원문화의 참다운 본성인 시민 정신을 그려본다.

또한 푸른 계절이면 중원의 땅 청주에 아랫녘 윗녘 사람들이 많이 모인다. 그들에게 우리 고장의 높은 의식 수준을 보여줄 수는 없는가. 올해는 여름이 빨리 오고 있다. 더운 여름일수록 피서 인파가 늘어나게 마련인데, 한적하고 풍광 좋은 곳을 찾아 심신을 쉬게 하는 안식처가 될 수 있는 곳으로 가꾸도록 해야겠다. 그래서 외지 사람들이 이곳 청주를 비롯한 중원 땅에 오면 절로 마음이 깨끗해지고 절로 심신이 청정해질 수 있는 아름다운 고장, 중원을 지켜나가야 할 것이다.

- 2005년 05월 04일 중부매일 게재

미인의 조건

사월의 현란했던 꽃의 향연이 끝난 자리에 녹음이 하루하루 짙어가는 오월이다.

노란 유채꽃 무리 속에서 '충북미인선발대회'가 열렸다. 지평선에 노을이 스러지자 수십만 개의 등이 점화되고 그 순간 조형물과의 아름다운 조화가 밤하늘을 수놓는다.

개막식에 이어 각계각층의 심사위원님들과 도지사님을 비롯한 충북의 지도자급 어른들이 대거 참석하니 과연 충북의 대제전 답게 열기가 후끈 달아오른다. 충북의 대표 미인이 되기 위해 한껏 치장한 후보들의 몸매가 늘씬하다. 자기만의 개성을 살린 경연에 사뭇 긴장감이 커진다.

미美의 기준은 시대에 따라 변한다. 하지만 미인은 그 시대 동경의 대상인 것만은 확실하다. 미인선발대회에서 뽑힌 미녀들의 몸매를 흠모하여 노소를 막론하고 다이어트 열풍이 부는 것도 건강상의 이유를 제외하곤 미녀의 기준에 따라 성행한다. 당나라의 현종이 뚱뚱한 양귀비를 좋아하니 모두 비만녀가 되었다는 일화도 있다.

옛날로 거슬러 올라갈수록 풍만한 몸매가 미의 기준이 되었다. 이는 다산多産의 소망으로 건강한 모체의 필수조건이었을 게다. 서양의 미를 대변하는 비너스상이나 명화에서 보여지는 여성들은 대부분이 다 풍만한 육체로 그려져 있다. 하지만 외모 못지않게 중요한 것이 인성人性이요, 인덕仁德이요, 인품人品이리라. 외모에 걸맞은 지적 미도 함께 갖추어야 진정한 미인이라고 할 수 있다.

어느 원로 문인이 쓴 수필에 보면 중국에서 전해오는 미인의 조건을 3과 관련하여 조목조목 짚어 흥미로웠는데 대표적인 것이 삼백三白, 삼흑三黑, 삼홍三紅이다.

간단하게 풀어 보면 삼백은 살결, 이빨, 손은 희어야 하고, 삼흑은 눈동자, 눈썹, 속눈썹이 검어야 하며, 삼홍은 입술, 손, 손톱은 붉어야 한다고 했다.

요즈음 미인의 기준과는 다른 것도 있겠고, 비슷한 것도 있겠지만 무엇보다도 건강미가 겸비되어야 하지 않을까 싶다. 건강을 해치면서까지 다이어트에 열중해서 골밀도의 기준치가 낮아지고, 심지어는 가임 여성들의 불임이 심각하단다. 고른 칼로리calorie가 많이 필요한 시기에 섭생을 제대로 하지 않은 것이 큰 이유가 된다고 하니 보통 일이 아니다. 더구나 우리나라의 저출산율이 세계에서 제일 높다는 현시점에서 미의 기준도 건강한 사회로의 안내자 역할을 할 수 있도록 해야 할 필요성을 느낀다.

건강한 어머니가 있어야
건강한 아이들이 태어나고,
건강한 아이들이 자라나야
건강한 국민이 되지 않겠는
가. 나는 아들만 둘을 둔 탓
에 어여쁜 여자애들을 보면
그저 예쁘기만 하다. 이번 '충북미인선발대회'에는 나와 가깝게 지내는
친구 딸이 후보에 있어 더 관심이 간다. 친구 딸 세정이는 화장하지 않
은 맨 얼굴 심사 때 꾸밈없는 순수미에 심사위원들의 높은 점수를 받았
다고 한다.

　비록 본상은 아니었지만, 미스 비엔날레의 상을 청주시장으로부터
수상하고 기뻐하는 모습을 보았다. 미인으로 뽑힌 사람이나 뽑히지 못
한 사람이나 외모와 내면에 진선미를 고루 갖추라고 말하고 싶다. 그리
고 꼭 덧붙이고 싶은 말은 미인의 아름다운 조건은 자연미와 건강미라
이르고 싶은 것 또한 어머니의 마음탓만은 아닐 듯싶다.

- 2005년 05월 11일 중부매일 게재

스승의 날에

오월을 계절의 여왕이라 한다.

산천초목이 온통 푸르름으로 물들어 바라만 보아도 생기가 도는 듯하니 저절로 생동감에 젖게 되는 달이다. 들길을 걸어도, 숲길을 걸어도, 이름 모를 야생화들이 여기저기서 반긴다. 오월의 들판은 청보리밭 물결 따라 풋풋한 풀 내음까지 싱그럽다. 오월은 풍광으로 보아도 계절의 여왕임은 분명하다.

올해의 오월은 어버이날, 어린이날, 스승의 날, 그리고 석가탄신일까지 끼어 있어 풍성한 축제의 달이기도 하다. 세상에 어버이를 두지 않은 사람이 어디 있으며, 스승을 두지 않은 사람도 없다. 어린이는 또 어떤가. 어린이는 인간 세상의 꽃이다. 꽃들이 싱그럽게 피어야 향기가 나고 열매를 기약할 수 있고, 살아가는 맛을 느낄 수 있다.

작년까지 내게도 어린이날에 많은 의미를 두었는데 어느새 작은 아이도 청소년기에 접어들고 보니 올해는 어린이날보다 스승의 날에 비중이 두어진다. 어머니로서 아이들의 성장에 따라 계절도 달리 느껴

지나 보다. 청소년기를 계절에 비유하면 바로 5월이 아닐까 싶다. 꽃이 진 자리에 작은 씨앗을 맺고 키우는 시기, 그 씨앗이 잘 여물 수 있게 정신적 육체적으로 풍성한 자양분을 최고로 필요로 할 때가 아닌가 싶다.

초등학교 시절만 해도 부모에게 의지하고 선생님들께 어리광을 피우던 둘째 녀석이 중학생이 되더니 제법 자아自我가 강해졌음을 실감한다. 의타심도 줄어들고 작은 일에도 자기주장을 강하게 내세워 어린 모습은 찾아볼 수 없다. 대견한 생각에 미소를 짓다가도 저 녀석이 언제 저렇게 컸을까. 문득 따뜻한 사랑으로 감싸주시던 아이의 초등학교 때 선생님 몇 분에게 감사 인사 겸 안부 전화를 드렸다. 전화를 받은 선생님들이 굉장히 반가워하신다. 졸업하고 나면 학생들도 멀어지기 일쑤인데 어머님이 이렇게 기억해주시니 선생으로서 사도師道의 길에 보람을 느낀다는 말씀도 힘주어서 하신다.

교육이 백년지대계란 말이 무색할 정도로 자주 바뀌는 교육정책에 세상이 시끄럽다. 7차 교육과정 개편에 따라 청소년들은 갈팡질팡하고 학교에서는 대학입시 요강에 촉각을 곤두세우고 있다. 한창 지적 호기심을 채워야 할 아이들은 앞날에 대한 불안감으로 술렁이고 있는 현실에서 학부모로서 혹여 내 아이만을 위하는 이기심은 없었는지 주변을 되돌아보게 된다.

부모가 먼저 진정한 감사로 대가 없는 고마움을 표할 때 선생님들도 진정한 정으로 인연이 맺어질 것이다. 그런 어버이 밑에서 큰 아이들이라면 세상에 나가서도 진정 존경하고 싶은 은사 한 분쯤 마음속에 고이 모시지 않겠는가. 내 아이들이 앞으로 살아내야 할 힘든 세상의 파도를 헤쳐갈 때 인생의 등불이 되어 줄 만한 스승을 모시며 사제 간의 정을 가꾼다면 얼마나 아름다운 관계일까를 상상해본다. 아이들의 엄마로서 스승을 생각하다가 문득 나의 학창 시절에 고마웠던 스승을 떠올려본다. 올해의 스승의 날이 저물기 전에 안부 전화라도 드려야겠다.

- 2005년 05월 18일 중부매일 게재

제34회 소년체전을 보며

찔레꽃 향기 가득한 오월의 마지막 주, 충북에서 제34회 소년체전이 열렸다. 아들이 다니는 학교에서 운영위원장을 맡은 터라 체전의 시작부터 끝까지 어린 선수들과 하나가 되어 마치 옛날 학창 시절로 돌아간 듯, 때로 열광하고, 때론 안타까워했던 시간이었다.

올바른 스포츠 정신은 참가에 의의가 있다지만, 학부모나 학생들이나 어디 승패에 초연할 수가 있겠는가. 그동안 갈고닦은 기량으로 이왕이면 메달 권에 들어야 하고, 또한 금메달을 따야 하는 것은 어느 대회, 어느 종목을 막론하고 모든 선수들의 바램일 것이다.

패자들은 허탈감 속에서도 심판의 판단에 촉각을 곤두세우고, 예상이 빗나가면 혹시 오심誤審은 아닐까 전전긍긍한다. 하지만 무슨 대회든지 희비는 엇갈리게 되어 있고, 예상이 빗나가며 혜성처럼 나타나는 신인들도 있게 마련이다.

오월의 햇살만큼이나 맑고 밝고 힘찬 충북의 청소년들을 보면서 개막식부터 폐막식까지 경기 전부를 지켜보는 동안 가슴 뿌듯한 든든함은 나 혼자만의 심정은 아닐 것이다. 체력은 국력이라는 평범한 진리에 비견하지 않더라도 젊음의 열기로 발산하는 각종 경기는 보는 것만으로도 힘찬 에너지를 재충전하는 것 같았다.

씨름판, 복싱장, 육상 경기장을 뛰어다니며 그들과 하나가 되어 때로는 목청을 높여 응원하고, 손뼉을 치다가 집에 돌아오면 선수들보다 더 녹초가 되곤 했다. 그런 가운데 우리 학교의 선택이가 씨름에서 은메달을 따냈고, 복싱장에서도 은메달을 거머쥐어 동중의 기상을 한껏 드높였다.

동중학교의 학부모로서 학생들과 하나가 되어 기쁨을 만끽하였지만 그 와중에 들려온 가슴 아픈 사연은 대회가 끝날 때까지 가슴 한 켠에 무거운 돌덩이를 매단 것 같았다. 복싱에서 은메달을 따낸 이창배 선수의 경우 두 달 전 아버지를 잃었지만 그 슬픔을 딛고 얻어낸 쾌거였다. 창배의 아버지는 아들이 복싱 선수가 되는 것을 못마땅해하며 공부에 전념하길 바라며 야단도 많이 쳤다고 한다. 한때는 복싱대회에서 타온 우승컵을 내던지기까지 할 정도로 반대했으나 결국 아들을 이해하고 돌아가시기 바로 전에는 훈련장에 찾아오기도 했다고 한다. 간식을 넣어주며 전국체전에서 꼭 좋은 성적을 거두라며 격려했는데 그만 대회를 두 달 앞두고 갑자기 세상을 떠났다는 것이다.

숨을 거두던 날도 아들의 숙소를 찾아왔다가 돌아갔는데 바로 그날 심근경색으로 유명을 달리했다 하니 경기에 임하는 그 선수의 심경이 어떠했을지 가히 짐작이 간다.

이창배 선수는 아버지의 유훈을 이루어냈으니 이를 지켜보는 이 선수 어머니의 심경도 같은 여자로서 헤아려진다. 경기가 끝난 후 이 선수의 어머니와 잠시 마주한 일이 있었는데 울먹이며 하는 말이 "내일은 아들을 데리고 남편의 산소에 찾아가 봉분 위에 메달을 놓아드리며 아이의 앞날을 지켜달"라고 기도한단다.

이 선수는 앞으로 더 발전할 것을 믿어 의심치 않는다. 이 선수의 어머니가 드리는 기도는 우리 모든 어머니들의 기도일 것이며, 자라나는 청소년들의 앞날도 우리 모두가 정녕 푸르게 푸르게 빌고 있지 않은가. 푸르른 오월 하늘 아래서 몸과 마음이 하나 되어 경기에 임했던 모든 청소년 꿈나무들에게 힘찬 전진을 기대한다.

- 2005년 06월 22일 중부매일 게재

5부

사랑하고 싶은 계절

생각은 무한 자유입니다.

생각의 질이 인생의 질을 결정한다는 것은

대단히 중요한 말입니다.

참교육 그 큰 물길대로

무수한 가지마다
희망과 미래의 이파리로 무성한
한 그루 거목이었습니다. 당신은
밤새 안녕이란 말이
우뢰가 되어 내리친 아침
바로 하루 전 교육감님을 뵈온 일이
이승의 마지막일 줄
누가 꿈인들 꾸었겠습니까

하늘도 당신을 아끼고 아껴
한때 경각을 달리던 몸에
새로 태어나는 기쁨도 주셨는데
무엇이 그리도 급해 이승을 등지시나이까
아직 다 못하신 크신 꿈들이
어둠을 밝히는 별이 되긴 너무 이른데

하늘이 다시 주신 목숨

고단한 이들을 위해 불사르시겠다던 말씀

아직도 귀에 쟁쟁한데

삶이 아무리 덧없다 해도

그렇게 황망히 가시다니요

당신 체취가 밴 자리마다

어버이를 잃은 것 같은 우리 학부모들

몸이 몸 아니고

마음이 마음 아닌 것 같습니다.

교육감님!

아무리 애통으로 도리질 쳐도

이미 가신 그 길에서 되돌아올 수 없으니

인생의 유한함에 몸부림칠 밖에 없습니다

교육자들이 바로 서려면 학생들을 먼저 세우라

내 목표를 이루고 싶으면 학생들의 목표를 먼저 이루게 하라

힘주어서 하시던 말씀

이제 저희에게 유훈이 되었습니다

이제 저희 학부모들은

당신이 남기신 그 유훈대로

당신이 먼저 트기 시작한 참교육의 그 큰 물길대로

흐르고 흘러서 충북교육의 미래를 적시겠습니다

풍요롭고 풍요롭게 가꾸겠습니다

당신과 함께 도도한 큰 강물이 되겠습니다

황망히 떠나신 길

하나님의 은총이 언제나

함께 하소서

2005년 6월 22일

- 청주 동중학교 운영위원장·학부모 대표

사랑하고 싶은 계절

더위가 물러간다는 처서가 지났다.

그토록 무덥던 여름이 자취도 없이 떠나갔다. 이제 강렬한 한낮 햇볕만 뜨겁게 알곡을 익히고 있다.

새벽녘 울어대는 귀뚜라미 소리가 폭포를 향해 흐르는 계곡 물소리 같다.

서늘한 한기를 느끼며 이불깃을 추스른다.

아침이 되니 우암산 봉우리가 한 발이나 가까이 다가온 듯 청명하다. 높아진 하늘 탓이다.

아, 저 비췻빛 하늘.

가을은 하늘만 보아도 마음이 맑아진다.

바람결은 또 얼마나 상쾌한가,

보랏빛 산 구절초가 하늘거리는 숲길. 산길을 오르는 살결에서도 단내가 난다.

불과 며칠 전만 해도 땀내가 나던 살결이다.

저만치 청잣빛 가을하늘 색의 도라지꽃이 산들바람에 고갯짓한다. 정갈한 여인의 목례目禮처럼 보인다.

잔잔한 호수 같은 물빛 하늘을 보니 내 마음이 호수라도 된 듯 잔잔하게 일렁인다.

무심천 주변에서 잠자리가 떼를 지어 난다.

폭우에 성난 포효로 흙탕물을 내리쏟던 모습은 온데간데없다.

홍수처럼 바쁘게 살아온 여름이 어느새 가 버렸는가.

무심천 물빛도 깊어지리라.

엽록소는 기운을 잃고 태양 빛을 닮은 빛깔로 단풍이 들 것이다.

아, 가을은 사랑하고 싶은 계절이다.

이 아름다운 가을에 세상의 때가 묻지 않은 지고지순한 사랑을 가슴에 담고 잔잔한 사랑의 물결로 일렁이고 싶다. 너무 지친 탓인가, 지난 여름은 햇살만큼 뜨거웠고 흙탕물처럼 정신이 없었다.

그래서일까, 저 하늘빛을 닮은 사랑, 뜨겁지 않고 조금은 시린 사랑, 세상에 내놓아도 저 넓고 깊은 가을 하늘처럼 맑디맑아 부끄러움 없는 사랑, 너무 맑고 깨끗해서 거울처럼 맑은 영혼으로 거듭나는 사랑, 그런 사랑으로 인하여 내 주변이 가을 하늘처럼 정갈하게 변할 수 있다면 이 가을은 사랑하고 싶다.

사랑이 아니어도 좋다.

들꽃이기도 하고 바람이기도 하고, 단풍 몇 잎 유유히 흐르는 시냇물
이면 어떤가.

보이는 것마다 사랑의 눈길을 보내자.

가을은 사랑하고 싶은 계절이다.

- 중부매일 연재의 창

생각의 힘

　바람이 지나는 용담의 길목에 서서 한 해 동안 아이들과 함께 걸어온 발자취를 돌아보니 올해는 그 어느 해보다 빨리 지나간 아쉬움에 혼자 덩그러니 남아 있는 달력의 숫자들이 더없이 소중하게 생각됩니다.

　인간이 만물의 영장이라 함은 생각할 수 있는 능력에서 비롯 되었음은 누구나가 다 아는 사실입니다. 생각의 뿌리는 마음으로부터의 상상이 기초이며, 이 상상의 시계가 없다면 오늘날의 첨단 사회는 이루어지지 않았을 겁니다.

　우리는 '마음먹기에 달렸다'라느니 '생각하기 나름이다'라는 말을 많이 들어 왔습니다. 이는 평소에 어떤 생각으로 일상을 살아가느냐에 따라 그 사람의 미래가 결정된다고 할 수 있습니다.

　새 천 년에 들어서면서 우리나라 대통령께서도 노벨평화상을 수상하셨지만, 세계인 중에 노벨상 수상자가 가장 많은 국민이 유태인이라는 것을 볼 때 어릴 때부터 자연스럽게 스스로 탐구하여 그 기쁨을 누리는 과정에서부터 출발한 결과일 수도 있을 것입니다.

　이제는 세계의 흐름이 수직 사회가 아니고 수평 사회입니다. 각자 창의성을 가지고 새로운 도전으로 세계인과 겨뤄야 하는 세상이 우리 곁에 와 있습니다.

발명왕 에디슨의 어머니는 아들이 학교에서 퇴학을 당하고 엉뚱한 일을 해도 문제아로 생각지 않고 그 자체를 인정해 주며 넓게 감싸안음으로서 에디슨이 후대에 빛나는 업적을 남긴 인물로 존재할 수 있었다고 합니다.

현대사회는 생각의 폭을 넓혀 창의적인 생각을 어떻게 창출할 수 있는지 여부에 따라 개인은 물론 그 나라의 장래까지도 좌우된다고 합니다.

지금까지의 획일적인 교육이 일등을 치닫는 소수만을 위한 교육이었다면, 이제부터의 교육은 어릴 때부터 각자의 능력을 여러 방면에서 키워주는 특기 적성 교육이 더욱 중요할 것 같다는 생각이 앞섭니다.

늦게나마 다행스러운 것은 우리의 초등교육도 석차를 없애고 열린 교육을 하고 있으니 빌 게이츠 같은 사고력을 가진 인재들이 우리 용담 초등학교에서 많이 배출되어 세계 속에 우뚝 서기를 기대해 봅니다.

칼융Carl Jung이란 사람은 "인간은 자신의 가슴속을 들여다볼 때 비로소 바라보는 눈이 트이게 되며 밖을 보면 꿈을 꾸게 되지만, 안을 보면 깨어나게 된다"라고 말했습니다.

안을 본다는 것은 무엇인가요? 밖에 보이는 것은 그냥 보는 것이 아니고 안을 본다는 것은 생각한다는 것입니다.

육신은 누구의 포로가 될 수 있지만, 생각은 무한 자유입니다. 생각의 질이 인생의 질을 결정한다는 것은 대단히 중요한 말입니다. 아인슈

타인Albert Einstein도 지식보다는 상상력이 더 중요하다고 말했습니다. 이제 미래 사회는 하드웨어에서 소프트웨어를 넘어 하트웨어heart ware의 시대로 접어들고 있습니다 즉 마음이 에너지가 충만한 사람이 정보화 사회에서는 진정한 인재人才라는 것입니다. 마음heart 머리brain 행동Action으로 이어지는 생각의 흐름을 강조한 것입니다.

과연 어제의 생각에서 탈피하지 못하고 과거에 매여 살 것인지. 아니면 미래 지향적인 생각의 힘으로 자신의 운명을 향해 힘차게 전진할 것인지는 우리 모두 각자의 몫이라고 생각됩니다.

용담인 여러분!

울타리 안에서의 서로 치열한 경쟁도 중요하겠지만 시야를 밖으로 돌려 멀리 볼 수 있는 안목을 길렀으면 합니다.

현실에 만족하지 말고 미래를 향해 꿈을 펼칠 수 있도록 최선을 다해 노력한다면 용담인의 미래는 새 희망으로 솟아오를 것입니다. 그리고 이 자리 또한 교지 5집을 발간할 수 있도록 배려해 주신 차윤웅 교장선생님과 지도하여 주신 여러 선생님께도 감사의 말씀을 드리고 싶습니다.

-『용담초 문집』제5집. 가좌골 메아리

시간의 소중함을 알자

청명한 가을날 파란 하늘을 가르며 날아가는 새들을 보며 쇠내골 울타리 안에서 꿈을 키우는 동중의 학생들을 생각합니다. 결실의 계절 가운데 그동안 동중의 울타리 안에서 익힌 작은 열매들을 모아 문집을 만들게 된 것을 기쁜 마음으로 축하합니다.

교육은 인간이 현명하게 살아가기 위한 바람직한 창조 작업입니다. 지식의 함양도 중요하지만, 그에 걸맞은 인성교육도 균형 있게 이루어져야 한다고 생각합니다. 시대가 급속히 변하면서 일방적인 경쟁사회로 치닫는 탓에 사람으로서 갖춰야 할 올바른 가치관이 필요한 시대입니다.

건강한 나무가 잘 자라서 건강한 숲을 이루듯 성장하는 아이들은 주어진 시간의 효율적인 활용을 통하여 지적성장은 물론 인성의 함양도 대단히 중요합니다.

시간은 누구에게나 주어지는 가장 평등한 자산입니다. 그러나 그 시간을 어떻게 활용하느냐에 따라 각자의 삶은 천차만별로 다양해집니다. '시간은 돈이다.' 또는 '시간은 생명이다.'라고까지 말하고 있습니다. 한 사람이 살아가는 동안 가졌던 시간의 길이가 그 사람의 일생이기에 시간은 바로 생명이라고 말할 수 있는 것입니다.

유태인은 자녀가 13세가 되면 손목시계를 선물한다고 합니다. 즉, 시간을 적절히 조절할 수 있는 나이를 그들은 13세로 본 것입니다. 우리나라의 교육제도에서는 이 나이가 되면 부모님의 보살핌에서 벗어나는 청소년기의 시작을 의미합니다. 이때부터는 자신이 주어지는 시간을 스스로 관리할 수 있다는 것을 의미합니다.

미국에서 최고 경영자가 된 백만장자들은 보통 근로자보다 다섯 시간을 더 일한다는 보고서가 있습니다. 5시간을 더 일한다면 한 달이면 150시간, 1년이면 1,800시간이 됩니다. 이것은 24시간으로 나누면 보통 사람보다 무려 75일을 더 벌었다는 결론이 나옵니다.

우리 동중의 학생들은 자신의 삶에서 시간의 소중함을 새삼 느끼며 알찬 청소년기를 보내길 바랍니다. 시간의 길이에 대해 이런 에피소드episode가 있습니다.

'일 년의 가치를 알고 싶으면 고시에 떨어진 학생에게 묻고, 한 달의 가치를 알려거든 미숙아를 낳은 어머니께 물어라. 일주일의 가치는 신문편집자들이 가장 잘 알고 있으며, 한 시간의 가치는 사랑하는 사람에게 물어보면 안다. 일 분의 가치는 열차를 놓친 사람에게, 천 분의 일 초의 소중함은 아깝게 은메달에 머문 육상선수에게 물어라'

성숙의 계절 가을에 태어난 〈새빛〉 제3집을 빌어 교지가 발행되기까지 배려해 주신 교장 선생님과 편집에 수고해주신 여러 선생님의 노고에 감사드리며, 동중의 모든 가정에 참되고 알찬 시간이 늘 머물러 있기를 빕니다.

　　　　　　　　　 - 2004 청주동중 〈새빛〉 제4집. 축사 글 게재

소중한 만남과 그리운 언덕

이른 아침에 산성마을에 갔다.

호숫가에 물안개가 아름답게 피어오르는 것을 보니 유년 시절 초등학교 다닐 때의 추억이 떠오른다.

늦은 가을 벤치에 수북이 쌓여있는 낙엽 위에 사뿐히 앉아서 호수를 바라보니 물안개가 안개꽃 무리처럼 몽실몽실 피어올랐다.

호수 주변에는 억새 풀도 함께 어우러져 가을의 향취를 한층 더 실감케 하였다.

어스름을 밀쳐내고 먼동이 틀 무렵 따사로운 아침 햇살이 물안개를 빨아들이면서 안개가 걷히고 영롱한 이슬방울이 억새 풀 위에 맺혀 있는 모습이 어린아이의 밝고 순수한 눈방울처럼 빛난다. 그 이슬방울을 보니 내 어린 시절의 추억도 안개처럼 풀어져 나온다.

좁다란 오솔길을 따라 학교까지 가려면 십 리나 되는 길을 걸어야 했다. 이슬이 내리는 아침이면 풀잎에 맺혀 있는 이슬방울들이 나와의 만남을 즐기며 신발이 젖어 들고 질퍽거려도 불평하지 않고 학교에 다녔다.

날씨가 추울 때나 눈, 비가 많이 오면 학교에 등교하지 못하였다.

학교길에 고갯마루가 있었는데 비가 오는 날이면 산골짝에 호랑이나 귀신이 나온다는 소문이 있어 비가 내릴 때면 어머니께서 마중을 나오셨던 기억이 난다.

4학년 때 담임선생님이신 정기숙 선생님과의 만남은 나에게 잊지 못할 추억이다.

긴 머리 세 갈래로 곱게 따 내리고 빨간 댕기 매고 아름다운 모습과 사랑으로 우리를 따뜻하게 감싸주며 정직하고 성실하게 자라라 하신 선생님! 가슴 한쪽에 사무치도록 절여짐은 선생님의 사랑과 애정이 아직도 가슴 곳곳에 배어 넘실대며 흐르고 있기 때문이다.

그 시절 선생님과 어쩌다 눈빛이 마주치게 되면 나를 사랑하신다는 걸 느낄 수 있었고 그럴 때면 귀를 기울이면서 선생님 말씀을 올바로 듣기 위해 모든 신경을 집중하곤 했다. 그리고 학예 발표회 때 합창단원으로 선정되던 날, 지금 생각해 보면 가장 기뻤던 날로 기억된다.

정 선생님과의 만남이 나의 학구열을 더해주었고, 일 년이란 짧은 만남 속에서 믿음과 진실을 배웠으며, 나 또한 선생님께 더욱더 인정을 받으려고 열심히 공부하며 결석도 하지 않고 성실했던 모습이 떠오른다.

그 이듬해 선생님께서 다른 학교로 전근을 하셨는데, 어린 마음에 선생님 따라서 전학을 가야겠다고 어머니께 졸랐던 기억도 새롭다. 학습에 흥미를 느낄 수 있도록 따뜻한 사랑과 많은 관심을 보여주셨던 선생님, 지금 어느 곳에 계시는지 이렇게 글로 표현할 수밖에 없는 부족함에 가슴 절여지며 선생님의 따뜻한 사랑의 눈빛이 그리움으로 밀려온다.

"가난은 죄가 아니고 노력하지 않는 것이 더 큰 죄가 된다고 하시며, 꿈을 안고 성실하게 노력하라" 하신 선생님이 사무치도록 보고 싶다.

이 가을이 다 가기 전에 만날 수 있도록 찾아보아야겠다.

불혹의 나이를 바라보며 4학년과 1학년인 두 아이의 엄마가 된 지금의 나의 어린 시절 정 선생님의 가르치심을 얼마나 잘 지키고 살아왔는지 모르겠다.

아이의 담임선생님이신 1학년 선생님, 4학년 선생님과의 소중한 만남 속에서 한 학년을 알차고 성실하게 보냈는지 아쉬운 듯 세월이 마무리되어 흘러간다.

우리 아이들이 바르게 자라서 어른이 되었을 때 이 어미가 그리운 언덕을 찾아 헤매듯 이런 일이 반복되지 않도록 담임선생님 주소록을 이 사진첩에 꼭 넣어둘 생각이다. 먼 훗날 선생님이 그리워질 때면, 만나볼 수 있는 가르침의 언덕을 만들어 주고 싶은 마음에서다.

산성마을 안개 낀 호숫가에 앉아서 지난날을 회상하며 나의 유년 시절에 소중했던 정기숙 선생님과의 만남을 다시 한번 그리움으로 마음속에 그려본다.

- 1999년『용담문집』제4집, 학부모 글 게재

길목에 서서

스산한 가을날, 가로수 길을 걸으며 낙엽이 구르는 모습을 바라봅니다. 유난히도 다사다난했던 올 한 해. 일 년 동안 용담의 식구들이 걸어온 발자취를 조용히 되돌아봅니다. 어린이회장으로 당선된 두 아들로 인하여 어머니 회장직을 두 번이나 맡아야 하는 명명 앞에 주어진 자리, 선택할 기회도 없이 숙명이라 생각하며 두 번이나 받아들인 회장자리였지요.

학기 초 어머니회 임원조직을 하고 일 년 동안 학교 발전을 기하며 선생님과 어린이들을 위해 교육봉사의 해로 마음먹고 열심히 봉사를 다짐했습니다. 그 열매인지 오랜 숙원사업 중 하나였던 강당을 조성하여 우리 아이들 꿈을 키우는 배움터를 개관하고 그 외 많은 시설을 지원받아 예쁘게 단장하는데 좋은 결과를 얻어내는 해가 되었습니다.

또한 한 학교의 어머니회장도 벅차하는 저에게 청주시 어머니연합회 임원으로, 청주교육청 학교환경정화위원 등 교육 발전을 위한 일들을 맡아 봉사하며 바쁜 한 해를 보냈습니다. 이제는 우리 용담초등학교도 교육청에서 인정을 받는 연구학교로 거듭 자리매김하였고, 찬란한 학교 발전을 가져온 해로 용담 역사의 한 페이지를 장식했다고 생각합니다.

이제는 좋은 환경에서 마음껏 뛰어놀며 공부하는 우리 용담의 자랑스러운 아들딸들에게 우리 어머니들을 대신하여 고마움을 전하며, 여러분들도 선후배 간의 따뜻한 마음을 모으면 개인의 발전은 물론이고 학교 발전도 저절로 이루어진다는 사실을 기억해주길 기대해봅니다.

사랑하는 용담의 어린이들!

여러분의 선배님들은 상급학교에 진학하여 수능시험 결과 우수한 성적을 거두고 있습니다. 앞으로 선배들은 열심히 끌어주고 후배들은 성실히 따라주는 아름다운 만남의 장소인 강당도 준비되었으니, 우리는 모두 한 울타리 사랑을 만들어 각자 최선을 다하는 만남의 장이 되었으면 합니다.

끝으로 한 해 동안 부족한 저를 믿고 학교 발전과 교육봉사에 협조해주신 어머니회 임원진과 회원님께 이 자리를 빌려 깊은 감사의 마음을 전합니다. 그리고 비포장길, 이정표 없는 길목에 서서 허둥댈 때마다 나침반이 되어 주신 교육 관계자님께 고마움을 전하며, 특히 삼 년에 걸쳐 두 번이나 회장 일을 함께할 때 동고동락한 차윤웅 전 교장 선생님과 새로 부임하시어 알차게 마무리하여주신 신영국 교장 선생님께 머리 숙여 감사의 말씀을 올립니다.

- 2003년 『용담초 문집』 제7집. 가좌골 메아리 어머니회장 글 게재

학교 교육 정상화로
사교육비 절감을

충북교육이 많은 아픔을 딛고 일어서 이제 새로운 희망과 창조의 새 교육을 지향하게 되었습니다. 참 다행스러운 일입니다. 더욱이 이번에 새로 선출되신 교육감은 현장 교육 경험이 풍부할 뿐만 아니라 도덕성과 능력을 겸비한 훌륭한 분이라는 세간의 평도 있어 안도와 아울러 한편으로 기대와 바램 또한 매우 큽니다. 진심으로 축하를 드리며, 충북교육의 수장으로서 교육 가족들의 여망에 부응하고 보다 발전된 충북교육을 위해 헌신하실 것으로 믿습니다.

어느 면에서 그동안 충북교육은 참으로 어려운 상황에서 교육 본연의 모습을 보여주기보다는 대립과 갈등으로 얼룩진 모습을 보여온 것이 사실입니다. 이러한 일그러짐은 교육 당사자인 학생, 학부모, 선생님들에게 희망과 용기를 주지 못하고 많은 교육적 문제들을 제기하게 되었고, 지역사회 및 교육 가족들로부터 많은 도덕적 비난을 받아왔습니다.

교육의 궁극적 목적은 학생들의 바람직한 성장과 발전을 도와주는 일이며, 이러한 일을 의도적으로 체계성 있게 실천하는 장이 학교라고 생각합니다. 학교 교육과 관련한 행정, 인사, 제도, 재정, 문화를 비롯한 모든 지원 환경은 물론 교육의 직접 관련 당사자인 학생, 학부모, 선생님들도 학생들의 바람직한 성장과 발전을 돕는데 초점이 모아져야 한다고 생각합니다.

교육만큼 관련 상황이 복잡하고 다양한 일은 없다고 생각합니다. 따라서 교육은 정말로 어려운 것이며, 어려운 만큼 그 무엇보다도 우리 삶에 있어 가장 가치가 있고 소중한 것이라고 생각합니다. 교육과 관련하여 각 분야를 맡은 당사자들이 역할수행을 잘해야 함은 물론이지만, 더욱 중요한 것은 교육의 본질에 대한 올바른 인식과 아울러 모든 사람과 환경이 공동체적이고 통합적인 노력을 성실히 하는 것이 중요하다고 생각합니다.

그동안 우리 충북교육이 어려운 상황 속에서도 어느 면에서는 타 시도 교육보다 선진적으로 발전해온 것을 잘 알고 있으며 자랑스럽게 생각합니다. 충북교육 발전을 위하여 정말로 애써 오신 많은 선생님과 관련 기관에 진심으로 감사의 말씀을 드립니다.

이번에 신망 있고 역량이 출중하신 신임 교육감이 충북교육의 수장으로 자리하셔서 새로운 희망을 품고 도약하게 되었습니다. 모든 교육가족들의 기대에 부응함과 아울러 여러 가지 해결하고 감당해야 할 과제가 많으리라 생각됩니다.

학부모의 입장에서 충북교육의 진정한 발전을 바라는 마음으로 특정한 학교에 국한된 이야기가 아닌 일반적인 몇 가지 교육적 바램의 말씀을 드리고자 합니다.

첫째, 바람직한 인성교육을 강화하여 학생들의 도덕성을 회복하는 교육을 우선하여주시기 바랍니다.

학교생활에서 인성교육 결핍으로 일어나는 현상 중에 버릇없는 아이, 따돌림, 이기주의, 과잉보호, 의지박약, 지리멸렬, 체벌 시비, 기본 생활 습관, 정착 부진, 학생 반발, 예절과 도덕성 추락 등 부정적인 면들이 각종 대중매체를 비롯하여 사회와 교육 현장에서 이구동성으로 염려들을 하고 있습니다.

이렇게 우리 자녀들 인성이 악화된 주원인은 우리 사회가 산업화, 정보화 지식 기반사회로 변천하면서 가정은 핵가족화되고 물질만능주의의 왜곡된 가치관이 우리의 삶을 지배하게 되었기 때문이라고 일반적으로 말하고 있습니다. 조상 대대로 금과옥조로 여겼던 삼강오륜의 전통적 기본 윤리와 도덕은 구시대의 산물로 홀대를 하고, 사람이 사람답게 살아가는 감성과 이성은 그야말로 땅에 떨어져 버렸습니다. 이러한 시대적 오류의 와중에서 우리의 꿈나무들이 병들어 가는 모습을 보일 때 정말로 가슴 아픈 일입니다.

시대적 상황의 변화는 역류할 수가 없습니다. 더욱이 21세기는 창의적인 아이디어가 중시되고 삶의 질, 융통성, 수요자 중심의 주관성과 인간성이 요구 강조되는 새로운 패러다임이 사회를 지배한다고 합니다. 이러한 시대적 상황의 급변 속에서 무엇보다도 중요하고 가장 근본이 되는 교육의 제일 과제는 사람이 사람답게 살아갈 수 있는 도덕성과 올바른 가치관을 확립하고 실천할 수 있도록 도와주는 일이라고 생각합니다.

올바른 인성교육을 위해서는 가정, 학교, 사회 모두가 그 중요성을 인식하고 실제로 학생들이 체험하고 실천할 수 있는 기회 부여와 구체적 교육활동의 전개가 필요하다고 생각합니다. 선언적인 말의 교육, 단편적인 지식의 암기 및 기능의 신장을 제일로 중시하는 잘못된 인식과 교육에서 탈피하여 정말로 바르고 행복한 삶을 살아갈 수 있는 감성과 이성을 길러 주는 교육이 이루어져야 하겠습니다. 물론 지금까지 학교 교육에서 학생들의 올바른 인성 함양을 위하여 많은 노력을 기울이는 수고를 하셨지만 보다 실천적이고 체험적인 인성교육이 활성화되어 이루어지도록 신임 교육감께서는 행·재정적 지원과 더불어 구체적 활동 교육프로그램의 개발과 보급까지 각별한 관심과 지원을 바랍니다.

교육 현장의 소리를 들어보면 인성교육의 중요성 및 필요성은 인식하고 있지만, 실제적 활동을 전개함에 있어서 여러 가지 제한점들도 있는 것 같습니다. 단편적 사례를 들어보면 초등학교의 서열평가 지양 및 기술평가가 중·고등학교에서는 점수화 서열화의 평가로 운영되고 있어 아직도 대다수 학부모의 요구와 관심은 자기 자녀의 지적 성취도에 있고, 더하여 음성적 과외 교육으로 점수 올리기에 많은 것을 투자하는 역기능적 현상이 나타나고 있는 것이 현실적 상황입니다. 아울러 이러한 현상은 공교육에 대한 불안과 불신의 사회 풍조에서 기인하기도 하는 것 같습니다.

교육감께서는 초·중등학교의 평가제도를 비롯하여 공교육에 대한 학부모들의 불신이 무엇인가를 면밀히 분석 검토하시고 대안적 방안을 제시해 주셔서, 정말로 시급하고 중요한 학생들의 올바른 인성교육이 교육 현장에서 이루어질 수 있도록 지원과 대책을 강구해 주시기 바랍니다.

둘째 내실 있는 교육과정 운영 및 다양한 교유활동의 장을 구축 운영을 통하여 학부모들의 사교육비 절감과 공교육의 질적 제고를 위해 노력해 주시기 바랍니다.

오늘날 학부모들이 사교육비로 인해 큰 부담을 겪고 있는 것은 어제, 오늘의 일이 아닙니다. 지난해 3월 기획예산처의 발표 자료를 보니 '우리나라 공교육비 총 규모는 33조 5천억 원, 이 중에서 학부모들이 부담하는 공교육비가 11조 7천억 원에 이른다.'라고 합니다. 또한 한국교육개발원이 추정 발표한 사교육비는 29조 원이라니 학부모들이 부담하는 연간 교육비는 그야말로 천문학적인 숫자입니다. 이러니 평생을 벌어 자식 교육에 투자하다 허리가 휜다는 말도 지나친 엄살은 아닙니다.

학부모들의 사교육비 부담이 해마다 증가하는 주된 원인은 지나친 학부모들의 자녀 교육열과 경쟁에서 비롯된 것이라고 생각합니다. 그러나 한편으로는 공교육에 대한 국가의 정책 실패, 즉 과외 금지, 대입 본고사 폐지, 보충수업 폐지, 교원정년 단축, 내신 성적제도, 수능시험 난이도 하향 조정 등 그동안 일련의 개혁적 교육정책이 방향감과 지속성이 없이 공교육의 기반을 흔들어 학부모들로부터 신뢰와 만족도가 그만큼 낮아졌다는 사실도 부정할 수가 없습니다.

한 예로 한 가지만 잘하면 대학에 갈 수 있다는 말에 특기·적성 교육이 기본 교육과정보다 우위를 차지하는 기현상이 생겼습니다. 학부모들은 학원 과외를 통해 기초학력 미달 과목을 보충하고 나아가 영어, 음악, 미술, 무용, 컴퓨터 등을 가르치는 전문학원 과외를 통해 공교육보다 더 나은 수준의 특기 교육을 기대하고 어쩌면 반강제적으로 자녀들을 사교육으로 몰아가는 웃지 못할 일들이 벌어지고 있는 것입니다. 결과적으로 공교육인 학교와 선생님들은 위축되고 학부모들의 공교육에 대한 불신과 불만은 오히려 늘어나니 가슴 답답하고 딱한 노릇이 아닐 수 없습니다. 이러한 정책의 오류를 지금 와서 탓하자는 것은 아닙니다. 더욱 중요한 것은 학교 교육과정 운영을 개선하여 공교육의 권위를 회복하고 교육의 질적 수준을 높이는 방안을 수립 실천하는 것이라고 생각합니다. 교육 수요자인 학생과 학부모들의 불신을 신뢰로 회복하고 공교육 본래의 자리를 되찾는 일은 정말로 모든 어떤 교육적 문제보다 선행적으로 해결되어야 할 과제라고 생각합니다. 차제에 신임 교육감에게 정중히 말씀드립니다. 교육정책만큼은 교육 관련 당사자들의 의견을 충분히 수렴하시고, 입안된 정책은 일관성과 지속성 있게 추진해야지 '조령모개식'의 교육행정 및 교육활동의 오류를 범해서는 안되겠다는 말씀을 드립니다.

이렇게 되기 위해서는 여러 가지로 교육 관련 당사자들의 공조적 노력이 있어야 하겠습니다. 기복적으로 상급 교육기관의 지나친 간섭을 억제하고, 학교 단위의 자율성과 창의성을 존중하는 가운데 학교 공동체 구성원의 자발적 참여와 협조로 내실 있는 교육활동이 이루어지도록 관련 기관의 지원과 협조가 있어야 하겠습니다. 학교장의 교육철학과 선생님들의 전문성을 믿고 존중하는 가운데 정말로 교육감 취임사에서 밝힌 말씀대로 '학생이 행복한 학교,' '선생님이 보람을 갖는 학교', '학부모와 지역사회가 만족하는 학교'로 그야말로 교육 본래의 본질과 모습을 찾고 이를 통하여 공교육에 대한 신뢰가 회복될 수 있도록 모든 환경을 정비 개선 구축하고 최대의 적극적 지원 시책을 펴시기를 바랍니다.

기초·기본 학력의 증진과 자기 주도적 학습 능력 배양, 교실 수업 개선 평가사업개선, 체험과 경험을 통한 교육안 등 확대, 선생님들의 근무 여건 및 복지환경 개선, 창의적 교육활동 강화, 정보통신 교육, 방과 후 특기·적성 교육의 활동 부서 확대와 밀도 있는 지도 등 교육과정 운영이 내실이 있게 운영될 수 있도록 세심한 배려와 지원을 해 주시기를 바랍니다. 물론 일선 교육 현장에서 지금까지 교육과정 운영의 내실화를 위하여 많은 노력을 하신 것을 정말로 감사하게 생각합니다. 그러나 충북교육이 새로운 비전을 제시하고 도약하는 마당에 그동안 제기되었던 문제점들을 개선 보강하여 더욱 높은 수준의 충북교육이 이루어지기를 바라는 기대와 요구는 교육 가족 모두가 같은 마음이라고 생각합니다.

충북교육의 어려움을 극복하고 '새로운 희망과 창조, 젊은 교육'의 신선한 장은 이제 열렸습니다. 새 교육감께서는 얼룩졌던 교육계를 안정시키고 150만 도민을 비롯한 1만 5천 교육 가족과 손잡고 모두가 바라는 '도약하는 희망찬 충북교육'을 창조해야 하는 가장 무거운 짐을 지시게 되었습니다. 다행스럽고 안도하는 것은 도덕성, 청렴성, 능력을 겸비한 훌륭한 분이 충북교육의 수장으로 자리하셨다는 것이며, 기대 또한 매우 큽니다.

학부모의 입장에서 또 하나의 짐을 지워드렸습니다. 충북교육의 발전은 교육감 혼자만의 의지나 힘으로만 가능한 것은 아닐 것입니다. 교육 가족 및 관련 당사자들은 서로를 존중하며 믿고 포용하는 가운데 지혜를 모으는 공동체적 노력과 문화를 만들어갈 때 가능한 일이라고 생각합니다.

교육감에게 모든 짐을 지우고 바라보는 우리들이 되어서는 안 되겠습니다. 참여와 관심을 가지고 모두가 동참하여 진정으로 우리의 꿈나무들을 바르게 가꾸고 보살펴야 하겠습니다. 작은 힘이지만 한 알의 밀알이 될 수 있다면 일조해 보겠다고 감히 약속을 드리며 충북교육의 발전을 진심으로 기원합니다.

- 2002. 6. 충북교육 제138호『새 교육감에게 바란다』게재 글

6부
추억으로 가는 시간들

무엇이든지 애타게 그리울 때나,

자신을 꼭 필요로 할 때 주는 것과 취하는 것이

모두에게 두 배의 기쁨을 누릴 수 있고

값진 선물이 아닐까?

단비

오랜 가뭄으로 산과 들이 몹시 메말라 목마름에 지쳐 있을 때 그 마음을 알기라도 하듯 단비가 촉촉이 내리는구나.

모두 잠든 이 밤, 단잠을 설치는 일이 되더라도 주룩주룩 소리 내어 대지 위를 흠뻑 적시어 주었으면 하는 바램이 앞선단다.

무엇이든지 애타게 그리울 때나, 자신을 꼭 필요로 할 때 주는 것과 취하는 것이 모두에게 두 배의 기쁨을 누릴 수 있고 값진 선물이 아닐까?

서기야!

너희들이 살아가는 세상도 마찬가지일 거야.

단비처럼, 나를 필요로 하는 사람이 있을 때, 언제든지 달려가 베풀어주고 도와주는 그런 사람 말이다.

이 엄마는 우리 서기가 단비 같은 사람이 되어 주었으면 한다. 세상 모든 부모의 마음은 한결같을 거야.

내 아이가 세상에서 꼭 필요한 사람이 되도록 기도하는 마음 말이다. 그런 사람이 되려면 하루하루 서기가 해야 할 일들을 성실하게 밀고 나아갈 때 얻어지는 것이란다.

요즈음 엄마는 바쁜 시간을 내어서 매일 아침 등산을 하고 있단다. 등산 덕분에 건강이 많이 좋아진 것 같구나. 엄마의 모습이 조금은 너 그리워진 것 같지 않니?

산을 오를 때면 힘이 들고 중도에 포기하고 싶은 마음이 앞설 때도 있지만 그럴 때마다 서기와 성준이의 귀여운 모습이 떠올라 환한 미소를 지으며 다시금 오를 수 있는 용기를 갖게 된단다.

옷이 흠뻑 젖어 들고 심장 박동 소리가 빨라질 때쯤이면 어느새 정상에 와 있음을 알게 된단다.

나지막한 벤치에 살며시 앉아 숨 고르기를 하는데, 뚝 후드득 뚝딱 도토리 떨어지는 소리에 가을은 깊어만 가고, 또 다른 곳에서는 자리 매김을 하려는 듯한 한 잎 두 잎 떨어지는 낙엽을 보며 생각에 잠겨본다.

이 나뭇잎은 자기 몫을 충분히 하고 떨어지는 잎인지, 저 나뭇잎은 중간에 포기하고 다른 길을 위해 떨어지는 것인지 아니면 남이 떨어지니까 친구 따라 함께 가려고 그러는지 궁금해진다.

다시 고개를 들어 앙상한 나뭇가지 사이로 보이는 하늘을 보니 높고 푸르기만 하구나.

파란 도화지에 그림을 그리듯 하얀 뭉게구름이 흘러간다.

어느 정점을 향해 가기보다는 흘러가고 있는 그 과정을 즐기려는 듯한 무덤 한 무덤씩 어우러져 모양새를 만들어가는구나.

어쩌면 세월도 저렇게 흘러가고 있는 것은 아닌지……

한숨을 돌리고, 내려오는 길에 수북이 쌓여있는 엷은 갈색의 낙엽이 정겹고 고와서 그냥 지나쳐 버리기 너무 아쉬워, 용기를 내어 그 낙엽 위에 풍덩 파묻히게 주저앉고 말았단다.

그 옛날 서기만 할 때의 동심으로 되돌아가는 기쁜 마음에 디시금 데굴데굴 뒹굴어 보고 싶었지만, 주말에 서기와 성준이를 데리고 와서 마음껏 굴러 보고 싶은 마음 남겨놓은 채 그곳을 정신없이 빠져나오게 되었단다.

깊어만 가는 가을밤, 밝아오는 내일을 위해서 단비와 함께 꿈나라로 잠을 청하여 본다.

우리 서기에게 주님의 은총으로 단비 같은 마음을 흠뻑 적시어 주길 기도드리면서…

- 1998년 『용담초 문집』 제3집 학부모 글 게재

사랑하는 아들 서기에게

늦은 가을인가 했는데 어느새 겨울은 우리 곁으로 성큼 다가왔구나.
곧 첫눈도 내리겠다.

사계절 중 겨울을 가장 싫어한다고 했는데 그래도 자연의 섭리를 거부해선 안 되겠지?

틈틈이 운동도 열심히 하며 독서도 많이 하여서 겨울을 슬기롭고 보람있게 보내거라.

사랑하는 아들 서기야!

입학식 하던 날이 엊그제 같은데 벌써 2년이 다 되었구나.

자식을 가진 모든 부모님의 느낌은 거의 같을 것으로 생각된다.

첫 아이가 입학하게 되면 마음 설렘으로 들뜨기도 하는데 이 엄마도 그랬단다. 그런데 그 기분이 채 가시기도 전에 기쁘지 않은 소식이 전해질 줄 꿈엔들 알았겠니?

그날 오후 2시경에 집 앞에서 놀던 성준이가 봉고차에 다치게 될 줄

이야.

그래도 생명에는 지장이 없었고 뼈 부위만 부러지는 사고였으니 불행 중 다행이었다.

그 일 때문에 오랫동안 병원 생활을 해야 했었지. 엄마의 보살핌을 가장 필요로 했던 때이기도 하고 1학년의 중요한 시기에 좋은 환경을 주지 못했던 지난날을 생각하니 서기에게 미안한 마음이 많이 드는구나. 그래도 순탄하지 못했던 환경을 잘 적응해 나가는 아들을 보며 대견스럽기도 했지만, 한편으로는 속이 상하여 눈물지을 때도 많았단다.

엄마는 그때가 서른다섯 해를 보내는 동안 가장 힘들고 견디기가 어려웠던 해라고 생각되는구나.

서기야!

돌이켜 보면 일학년은 슬프고 기쁘지 않은 일이 많았다면 2학년은 기쁜 일과 서기가 해야 할 일들이 참으로 많았던 것 같구나. 반장이라는 막중한 책임과 반을 잘 이끌어 가야 하는 학교생활이었으니 말이다. 나보다 남을 먼저 생각하며 베풀기를 좋아했던 착한 너를 정해 준 반 친구들의 의사 결정이 서기에게 좋은 결과가 된 것 같다.

몸집은 작아도 당차고 야무지게 반장 역할을 잘해주었던 아들 서기에게 엄마는 힘찬 박수를 보내고 싶구나. 그리고 서기야! 앞으로 너희들의 살아가는 세상은 쉽고 좋은 일만 있는 것은 아니란다. 생활해 가면서 접해야 하는 일 중에 순간순간 선택 결정을 수없이 해야 하는데, 그 결정과 선택은 바로 자신이 하는 거란다. 주변에 가족이 있지만 선택하여주고 결정을 내리지는 못한다. 다만 방향과 설정에 도움이 되지만 말이다.

작은 일이라도 철저한 계획과 준비를 잘하여 이미 내린 결정과 선택에 후회가 없도록 하여라. 서기의 앞날을 위해 훌륭한 결실을 볼 수 있도록 최선을 다해 노력하는 사람이 되어 주렴, 그럼 엄마도 하나님께 매일매일 기도할 테니까.

항상 밝고 건강한 모습을 보여주는 것도 아빠 엄마에게는 가장 값진 선물이 아닐까? 한 해를 마무리하며 엄마에게 96년도는 바쁘고 힘이 드는 일도 많았지만 서기가 잘 자라주는 것을 보면서 보람을 느낄 때가 더 많았단다. 사랑한다 서기야!

1996년 11월 24일

서기를 가장 사랑하는 엄마가.

- 1997『용담』제2집 게재 학부모 글 중

한 해를 돌아보며

초록이 움트는 어느 봄날, 어머니 손 잡고 교정에 들어선 지 어언 6년이란 세월이 강물처럼 흘렀는가 봅니다.

졸업을 앞두고 지나온 시간을 돌아보니 아쉬움에 섭섭함이 밀려옵니다.

지금까지 나와 함께한 친구들. 후배들. 존경하는 선생님, 정들었던 교실이 아쉽게만 느껴집니다.

학년 초에 여러분의 뜨거운 성원 속에 어린이회장으로 당선되어 기쁨에 앞서서 두 어깨가 무척이나 무겁게 생각되었던 시간들, 돌아보니 허전하기만 합니다.

용담 학우 여러분! 부족한 제가 전교어린이회장이라는 책임을 맡아 일을 해오면서 처음에는 잘해볼 수 있다는 생각에 노력하였지만, 그 모든 것들이 하루아침에 이루어지는 것이 아니라는 것을 다시금 느꼈습니다.

이제 6학년들은 얼마 후면 정들었던 교정을 뒤로한 채 떠나가야 하겠지요.

그동안 함께 생활하였던 교실과 선생님들, 그리고 사랑하는 후배들에게 맡겨놓고 떠나가야 한다고 생각하니 아쉽기만 합니다. 상급학교에 가더라도 '용담초'를 잊지 않고 더욱 성실히 노력하여 후배들의 믿음직한 기둥이 되어드리겠습니다.

이 다음에 동문회에서 만나게 되었을 땐 서로서로 든든한 끈이 되어 함께 엮어 나가는 시간이 되었으면 좋겠습니다. 우리 학교 전통은 올해로써 29회이지만 선후배들 사이가 가장 좋고 결속이 잘되어 있다는 것을 동문 선배님들께서 말씀하여 주셨습니다. 이곳의 용담초 자리가 명당이라서인 것 같습니다. 현직에 계시는 국회의원이 두 분이나 계시고 현재 송인수 동문회장님께서도 아낌없는 후배 사랑과 관심 속에 많은 발전이 이루어지고 있습니다.

용담 학우 여러분!

든든하고 자랑스러운 선배님들이 학교 발전을 위해 헌신하면서 성원하여 주시니 우리는 맡은 바 일에 최선을 다하는 자세로 미래를 향해 우리 함께 힘찬 발걸음을 옮깁시다!

전교어린이회장 김서기 올림
- (2000년, 『가좌골 메아리』 제5집 게재) 용담초 어린이회장 인사 글

추억으로 가는 시간들

파란 하늘에 뭉게구름 타고 추억으로 가는 우리 용담 친구들 꿈을 꾸었지요. 우리 함께했던 지난 시간들, 시간이라는 친구는 흐르면서 무엇인가 자구만 떨어뜨리고 갑니다.

떨어뜨린 그 시간들이 추억의 알갱이가 되어 먼 훗날 우리가 어른이 되었을 때 동심을 찾을 수 있는 마음속 보금자리가 될 것 같다는 생각들을 꿈속에서 그려보며 흥얼거렸답니다

부모님 손을 꼭 붙잡고 교정을 들어서서 나도 이젠 학생이란 마음에 들떠있던 때가 엊그제 같은데 십이월 달력 한 장만 덩그렇게 매달려 있는 것이 쓸쓸해 보입니다.

지나간 6년의 학교생활 동안 기쁜 일, 슬픈 일도 참 많았지만 웃고 우는 나날 속에 벌써 졸업을 앞두고 우리 학교 학생들이 예쁜 문집을 발간하게 되었습니다.

그동안 우리 함께 즐겁게 뛰어놀며 운동회 때는 목 터져라, 응원했던 일, 수학여행 때 짓궂게 장난치다가 선생님께 야단맞았던 일, 학교에서 이런저런 추억들이 하나하나 생생하게 되살아납니다.

이제는 그 기억들이 이 문집 속에 스며들겠지요. 그리고 이 다음에 영원한 후배가 될 동생들과 함께했던 소중한 추억을 아름다운 마음의 시詩로, 모습으로 담아 엮어 펴내오니, 예쁜 마음으로 느껴 보아주세요

또한 제가 전교어린이회장에 당선되어 한 해 동안 아무 일 없이 회장 활동을 하는데 용담의 친구들과 동생들의 도움이 없었다면 저는 이 자리에 있지 못하였을 겁니다.

이 기회를 통하여 용담의 식구 모두에게 감사드립니다.

그리고 우리들의 대선배이신 총 동문회장님과 학교 운영위원장님으로 일을 맡아 덩치가 큰 강당도 지을 수 있도록 고생하신 송인수 회장님과 관계되신 여러분께 우리 어린이를 대표하여 감사의 마음을 보냅니다.

사랑하는 친구들아! 동생들아! 우리도 이 다음에 어른이 되면 용담의 식구들을 잊지 말고 우리의 꿈을 키우던 모교를 잘 가꾸어 나가자.

끝으로 이 문집이 발간되기까지 배려해 주신 교장 선생님과 선생님께 감사드리며, 지금 이 학교에 계시지 않고 우리 학교에 계시다 가신

여러 선생님께도 감사의 말씀을 드리면서 용담초 어린이회장으로서 다시 한번 감사의 인사를 드립니다.

용담초등학교 파이팅!!!

2003 전교어린이회장 김성준

- 용담초, 2003년, 『가좌골 메아리』제7집, 게재 글

교육을 마치며

청주동중 교육생 8학년 10반 김서기

수련회라 하면 심신을 단련하는 과정이라 어렵다는 것은 모두가 다 아는 사실이지만 이번 수련회는 고통과 환희가 엇갈리는 2박 3일의 수련이었다.

단재교육원에 들어와서 교육을 받는 동안 처음에는 어색해서 친구들과 어울리기가 힘이 들었지만, 교육을 마치는 날엔 그동안 동고동락을 함께 하여서 그런지 모두가 옛 친구 이상의 우정을 느꼈다. 헤어지기 너무 아쉬워 눈시울을 짓는 친구도 있었고, 오늘이 끝이 아니라 내일을 기약하며 다시 만날 것을 약속하고 메일을 주고받자며 약속하고 모두 아쉬운 이별을 했다.

수련 활동은 철저하게 계획된 프로그램이라 그런지 힘들고 한편으로는 지루하기도 하였지만 때로는 무섭게 훈련을 받을 때면 정신이 번쩍 번쩍 날 때도 있었다. 그러나 그때마다 우리는 한 마음 되어 서로서로 격려도 하고 칭찬도 하며 친구들과 우정을 따뜻한 가슴으로 끌어안으며 수련 활동에 임하였더니 훨씬 더 재미있고 더욱더 빨리 지나갔다.

단재교육원에서 교육을 받은 모든 친구들은 이곳에서 좋은 만남을 통하여 사회성이나 사교성이 한 층 더 높아졌다고 생각한다. 그리고 가슴 깊이 추억의 보금자리가 되어 먼 훗날엔 단재의 정신이 내 인생의 하나의 지표가 되어 보람되게 기억될 것 같다.

우리가 앞으로 삶을 이런 정신으로 개척해 나아간다면 무슨 일이든 이루지 못할 일이 없을 것 같다는 생각을 해 보았다.

옛말에 '우물 안의 개구리'란 말이 있듯이 우리 학교를 떠나서 여러 학교 학생들과의 만남을 통하여 많은 의견도 나누며 토론하는 과정에서 좁았던 내 생각의 높이가 한층 더 높아짐을 느끼게 되었다. 이런 기회는 성년이 되면 군대에 가서나 느껴볼 수 있을 것 같다는 생각에 이번 기회는 대단한 기회라고 생각한다.

또한 사람은 인생을 살면서 세 번의 성공할 기회가 찾아온다고 한다. 그것은 이런 교육을 통하여 내가 잡아야 할 기회인지 아닌지를 구별할 수 있는 생각과 판단하는 지혜가 있을 때만이 내게로 오는 기회인지를 구별할 수 있는 것이 아니겠는가.

수많은 시련과 고통을 이겨내는 자에게는 반드시 기회가 찾아온다고 나는 생각하는데 그것은 혼자만의 세계에서 이루어지는 것은 아니라고 나는 생각한다. 자신의 주위에서 더불어 살아가는 친구나 선배들로 인하여 진정으로 진실한 마음으로 격려해 줄 때 그 기회를 잡을 수 있다는 것을 이 단재교육원에 와서 느낀 나의 소감이다. 그러나 지금 이 수련회를 마친 것을 계기로 삼아서 우정을 맺은 다른 학교 친구들과 좋은 관계 유지를 이루어 나간다면 먼 훗날 값진 재산이 될 것이란 생각을 해보았다.

끝으로 청소년 시기에는 다양한 만남과 좋은 교육은 마음의 양식이 되어 삶에 밑거름이 된다고 생각한다. 또한 교육의 기회를 주신 우리 학교 교장 선생님과 추천하여주신 담임선생님께 감사의 글을 올립니다.

- 제9기 학생 교육과정 제8분임 173번 김서기

어머니

사계절 풍상을 한 몸에 이고
달그림자 벗 삼아 살아 온 세월
자식 걱정 집안 걱정으로
내 한 몸은 잊은 지 오래

뻐꾸기 우는 여름
기러기 우는 가을
한풍에 속절없이 문풍지 떨리면
행여 아버님 발걸음 소린가
가슴 졸이던 여심女心

밤마다 그리움에 잠 못 이루고
눈물샘 마를 날 없어도
인내 속에 쇠사슬로 마음 묶어
여민 옷깃에 다잡고 다잡은 당신의 생애
불혹이 되어서야 좁은 가슴에 사무칩니다.

사 남매 잘되라 오직 한마음으로
다락방에서 기도하시던 당신을 보며
지극한 사랑을 배웠습니다

검은 머리 희어지고
곱던 얼굴에 주름이 패여
비켜 갈 수 없는 세월의 무상은
어느새 칠순이 되었습니다

어머님!
당신의 남은 삶이
부디 한결같은 건강이 함께하여
불초한 사 남매를 지켜봐 주십시요

어머님!
당신의 자식임이 자랑스럽습니다
오래오래 사세요
우리 어머님.

- 어머니 칠순에 드린 시

지구별에 온 나의 아가야

할머니라는 이름을 준 널 위해
나무가 되고 싶다
네가 걸어가는 길에 넓은 그늘이 될 테니
너는 그 아래에서 노래를 부르렴
너의 길을 밝히는 별빛도 좋겠다
그 별 보며
너는 빛나는 꿈을 꾸렴

네가 눈으로 보는 모든 것들은
아름다웠으면 좋겠다
네가 듣는 모든 소리는
해맑았으면 좋겠다
네가 닿는 모든 손길은
따뜻했으면 좋겠다

동윤아,
너와 만난 지 일년

날마다 설레고

날마다 웃음이고

날마다 벅찬 하루였단다

넌 언제나 당당하게 나아가렴

할머니는 그 길에

나무여도 좋고

별빛이어도 좋고

네 발자국이 찍히는 길 위의

돌멩이어도 좋겠다

바람이어도 좋겠다

그냥 널 오래오래 사랑해주는 그 무엇이면 되겠다.

- 2020년 10월 18일

첫돌을 맞는 동윤이에게 할머니가

삶의 여정에 핀 꽃

삶의 여정에 핀 꽃

김홍은 충북대학교 명예교수

김민자 수필가는 1996년, '충북지역교육협의회'에서 주관하는 문학 강좌에 처음으로 문학의 발걸음을 시작하였다. 사랑하는 아들 서기, 성준이가 3학년 1학년의 자모로 자녀들의 글짓기 지도에 도움을 주려는 교육열에 푹 빠져 있었다. 한편 남편 김명성 ㈜동해약품 대표의 사업 뒷바라지를 하다 보면 수필문학 수업시간을 지키지를 못하였다. 지도교수가 하루는 "수업이 다 끝났는데 늦을 때는 나오지 않으셔도 됩니다."라고 하였다. 이때 김민자 수강생은 "제가 나오지 않으면 교수님 점심을 누가 챙겨드려요"라고 하는 바람에 지도교수는 말문이 막혔었다. 스승에 대한 예의범절을 차릴 줄 아는 것은 그 사람의 인품이다.

매사에 적극적이고 책임감이 강한 자모로 글 쓰는 방법을 익혀, 어머니는 웅변대회 원고를 쓰고, 아들은 연사로 웅변대회에 나가 금상을 받았다. 김민자 수필가는 아들이 다니는 학교의 어머니 회장을 맡기도 하였다. 아울러 초등부 '청주시 어머니 연합회' 부회장으로 교육 발전에 이바지하여 왔다. 또한 '중등부 학교운영위원장 협의회' 사무국장으로 자녀들 교육 육성에 뒷 받침을 다하였다.

김민자 수필가는 충북대학교 평생교육원에서 수필창작을 수강하면서 문학에도 두각을 나타내어 1999년 문학회 발기인으로 '푸른솔문학회'를 창립하였다. 당시 지도교수는 문학회 회원들의 수필작품 발표를 독려하고, 문학회의 발전을 위해 문학상을 제정하기로 하였다. 지도교수는 문학상 명칭을 덕유德留로 제정하고, 상금으로 행운의 열쇠(금 1냥)로 5년을 약속하였다. 그러나 김민자 수강생이 10년의 요구로 각서를 써 주게 되었고, 상의 명칭도 홍은이 좋겠다고 주장하여 이를 받아들여 따르게 되었다. 그 이후 『푸른솔문학』 동인지 창간호를 발간하여 현재까지 이어지고 있다.

김민자 수필가는 2000년도에 『월간수필문학』으로 등단하였으며, 푸른솔문학회 사무국장으로 〈푸른솔문학회 회보〉를 창간하기도 하였다. 이는 아쉽게도 1회에 그치고 말았다.

김민자 수필가는, 아들이 목적한 진학의 꿈을 이룬 후, 경제의 방향으로 시선을 돌려 사업 전선에 뛰어들게 되었다. 그동안 문학에서부터 교육의 현장에서, 사회생활로 터득한 경험과 지식을 얻어낸 지혜로, 남편 사업 방법에서 익힌 체험을 쏟아냈다. 자신의 고향인 보은에서 큰오빠(김종진, 율산2리 이장)를 의지하여 친환경 비료, 농약, 기능성 식물영양제 사업을 펼치기 시작하였다.

보은 지역의 이장님들이 믿어주고, 자신도 사업자의 양심으로 성심성의껏 내 고향 농촌이 부강하도록 초지일관初志一貫 한 마음이 되어 노력 봉사하여 오고 있다.

김민자 수필가는 어머님의 착한 심성을 이어받아 남을 먼저 배려하고, 도우려는 정신이 살아 있는 여성이다.

주) 조비(조선비료) 보은군 지역 김민자 대표는, 십 년의 발자취를 돌아보며, 농업인의 마음으로 애간장을 태워 가며 살아간다. 가뭄이 오면 가물어 걱정, 비가 많이 오면 농작물 피해가 올까 봐 걱정, 태풍이 오면 농작물이 쓰러질까 우려하여 마음은 늘, 논밭에 가 있다.

김민자 대표는 자나 깨나 보은 지방의 이장님들의 구수한 음성에 귀에 젖어, 가을이 되면 밭과 들을 바라보며 풍성한 가을 곡식이 익어갈 때가 가장 행복하단다. 황금 들판의 논둑길을 걸으면서 농업인이 되어 한 해의 수고로움을 회상하며, 고개 숙인 벼알을 세면 감사의 눈물이 난다고 한다.

지역의 농업인과 조비, 그리고 중간역할을 하는 자신, 셋이 한마음이 되어 풍년을 이루어냄이 서로가 자랑스럽고, 고향이 태평성대의 고장이 되기를 기원한다는 김민자 대표의 진심 어린 인간다움의 인성이 꽃처럼 곱다.

김민자 수필가는 금년 시월에 이순(耳順)을 맞이하였다. 나이 육십에 이르러서 인생이 산다는 게 무엇인가를 깨달았다. 자신의 삶을 뒤돌아보며, 그동안 뒤로 미루어 두었던 문학이 떠오름에 2021년은 『푸른솔문학 20년사』 편찬위원으로 문학회의 발자취를 자랑스럽게 엮어냈다. 아울러 『푸른솔문학』(계간지) 운영위원으로 앞장서 문학지 발간에도 노력하고 있다.

한편 20여 년 동안 서랍 속에 잠들어 있던 작품들을 꺼내어 수필집 『오죽헌의 맥』을 첫 수필집을 펴내었다.

목차를 펴보면, 1부에서 6부로 나누어져 있다. 제목에서 작가의 삶을 한눈에 느낄 수 있어 독자의 마음을 은근히 끌어들이고 있다.

참으로 옹골찬 수필가다. 일찍이 작가로 등단하고서도, 이 작품들을 두고 어떻게 참아왔을까. 우직하고 인내심 있는 품성에 놀라지 않을 수가 없다.

공자님의 인생철학을 본받았다. 삼십에 이립하고三十而立, 사십에 불혹四十而不惑하여, 오십에 지천명知天命으로, 뜻을 이루고서 육십 이순耳順에 이르러서야, 작품집을 엮어냈다.

젊은 시절 삼사십 대에는 문학을 통하여 아들 교육에 전념해 오다가, 오십에 와서는 하늘의 뜻을 알아 경제를 알고, 견이사의見利思義 정신으로 살아온 남다른 수필가다.

작품은 모두가 젊은 시절에 쓴 글로 서정감이 넘쳐난다. 문장의 표현들이 야무지고, 사물을 바라본 생각들이 통찰력으로 담겨져 있다. 작품이 신선하고 읽기가 편안하며 주제가 명확하다.

수필문학은 인생의 연륜을 쌓아 갈수록 갈고 닦으며, 자신의 삶을 반성하고 내 이웃을 더불어 행복하게 만들어감이다.

이제 고희를 바라보며 문인으로 시각을 돌려, 수필집 2집을 준비할 것으로 생각한다. 작가로서 그동안 갈고닦은 인생관을 체험과 지식을 통한 지혜의 작품으로 발표할 것으로 기대된다.

김학명 작

오죽헌의 맥脈

김민자 수필집

인쇄 | 2022년 11월 24일
발행 | 2022년 11월 30일

지 은 이 | 김민자
펴 낸 이 | 노용제
사　　진 | 강대식 (충북사진대전 초대작가)
디 자 인 | 서용석
표지캘리그라픽 | 도암 박수훈
펴 낸 곳 | 정은출판

출판등록 | 제2-4053호(2004. 10. 27)
주　　소 | 04558 서울시 중구 창경궁로 1길 29(3층)
대표전화 | 02-2272-9280
팩　　스 | 02-2277-1350
이 메 일 | rossjw@hanmail.net
홈페이지 | www.je-books.com

ISBN 978-89-5824-474-5 (03810)